遺品
あなたを失った代わりに

柳原三佳

MEMENTO *Mika Yanagibara*

晶文社

遺品　目次

春

夏

編集——福島利行

挿画——塩井浩平

装幀——大村麻紀子

春

餃子

「ねえねえ、餃子も頼んじゃいましょうか？」

「そうね、ちょっと食べてみたいわよね」

打ち合わせの帰り、ふと立ち寄った小さな中華食堂。その壁に『心を込めた手作り餃子』と書かれたメニューの貼り紙を見つけ、思わず追加注文してしまった。

先に頼んだラーメンが半分くらいに減った頃、焼き立ての餃子が運ばれてきた。

「わあ、美味しそう！」

早速、小皿に醤油と酢を注ぎ、たれを作っていると、隣に座っていたキョウコさんが、ぽつりとこう言った。

「私ね、実は餃子を長い間食べることができなかったの。五年、六年、いや、もっとかしら？　見ているだけでも辛い時期があって」

「ごめんなさい、餃子が苦手だったんですか？」

「いいえ、大好き。もちろん、最近は食べられるようになったのよ。餃子って美味しいものね」

キョウコさんはにっこり笑いながらそう言うと、フーフーと息をかけ、あつあつの餃子を頬張った。


キョウコさんが大好きな餃子をしばらく口にできなかった理由……。

それは二〇〇〇年、桜が満開だったあの日の些細なやり取りがきっかけだった。

四月八日午後七時頃、絵画教室で子供たちを教えていたキョウコさんのもとにかかってきたのは、息子・レイさんからの短い電話だった。

「キョウコさん、今夜は餃子を作っておきましたよ。超ウマイよ」

「へー、ありがと」

「俺さ、これから友達と会うんだ。帰りは遅くなると思うけど……」

「ああそう、でも、いくら遅くなるからって、今日は迎えに行かないわよ。私も疲れてるし、あなたももう大学生になったんだから、歩いて帰ってらっしゃいよ。歩けない距離じゃないんだから」

レイさんは、一週間前に大学の入学式を終えたばかりの十九歳。一年浪人をして志望校に合格し、まさにこの世の春を謳歌していた。

中学三年のときに父親を病気で亡くして以来、母親のキョウコさんとの二人暮らしだったが、大学入学を機にどうしてもひとりで暮らしてみたいという夢を持ち、自炊でも困らないようにと、レシピ本を見ながらいろいろな料理にチャレンジしていたのだ。

キョウコさんは振り返る。

「息子が独り立ちすることは素直に嬉しかったわ。でも、その反面、彼が家を出て行ってしまうということに対しては、どこか寂しさも感じていたのね。だから、餃子を作ったよって聞いたときは、それがなんだか独立に向かっての一歩のような気がして、ちょっと複雑だった。だからつい、あんなことを言っちゃって……」

事件が起こったのは、その電話からわずか数時間後のことだった。

親友と二人でに自宅に向かって歩道を歩いていたレイさんは、後ろから百キロを超えるスピードで走ってきた車に追突され、一瞬のうちに命を奪われたのだ。

加害者は飲酒運転、その上、無免許、無車検。それは、とても「事故」などとは言えない、極めて悪質な犯罪だった。

それでも、キョウコさんは自分を責め続けた。

「あのとき息子は、『そんなこと言わないで迎えに来てよー』と泣きついてきたんだけど、終いには『はいはい、わかりましたよ。なんでぇ～、せっかく餃子作ってやったのに、ちぇっ！』って言って、携帯電話を切ったの。あとになって考えれば、それが私が聞いた、あの子の最後の声だったんですよね。

どうしてあんなことを言ったんだろう……。私が駅まで迎えに行ってやればこんなことにはならなかった。とにかく悔しくて、悲しくて、辛くてね。入学式からたったの八日、これから大学に行って、たくさんの仲間と出会い、やりたい事や夢が山のようにあったはずなのに……」

「おばさん、こんなところに生の餃子が入ったままですよ」

冷蔵庫の中にあった餃子を、レイさんの友人が見つけたのは、それから四日後、通夜、葬儀を終えたあとのことだった。

『あ、これは……』

レイさんが料理の本を見ながら包んだ手作り餃子は、お皿の上に七つほど並べてあり、キヨウコさんが帰ってきたらすぐ焼けるようにと、上からラップがかけられていた。多少、具の量に差はあるものの、ひとつひとつ丁寧に包まれている。

そういえばあの電話のあと、夜九時を過ぎて帰宅したキヨウコさんは、疲れていたこともあって、この餃子は翌日にでも焼こうと、そのままにしておいたのだった。

あれから十年——。

キヨウコさんはもう、餃子を見ても泣かなくなった。

けれど、餃子を見ると、やはりあの日のことを昨日のように思い出す。

「息子が最後に作ってくれたあの餃子ですか？　ええ、今も冷凍庫の奥に大切にしまってあるんですよ。十年も経って、きっともうパサパサになって、食べられないことはわかっているんだけれど……。でも、たぶんずっと捨てられないんでしょうね。私としては、彼の遺伝子を保存しているような、そんな気持ちなんです」

キヨウコさんは、そう言って微笑みながら、肩をすぼめた。

洗濯物

毎年、母の日が近づくと、ミサさんは次男のコウタくんと過ごした夜のことを思い出す。

「あれは、母の日の前日のことでした。夕食が終わって、私がひとりで食器の洗い物をしていると、ひとり起きていたコウタが、部屋の中で何かしているのに気づいたんです」

コウタくんは、男三人兄弟の真ん中で、幼稚園に通う元気な四歳の男の子だ。

この日は、お父さんも、お兄ちゃんも、弟も、みんな先に寝ていたのに、なぜかコウタくんだけが、ずっとミサさんのそばにいた。

「『コウタ、こんな遅くに何しているの?』そう言って、私が後ろを振り向くと、コウタは小さな手で一生懸命、洗濯物を干していたんです。四角い枠に洗濯バサミがいくつもぶら下がっている物干しに、ハンカチやバンダナ、靴下などを、一枚一枚……」

ミサさんは、七年前のあの日を懐かしむように、話し始めた。

「四歳の男の子が、洗濯物を？　翌日は母の日だから、何かお手伝いをしようと思ったんでしょうか」

私が思わずそう聞き返すと、ミサさんは答えた。

「私も、どうしてあんな時間にあの子が洗濯物を干そうと思ったのか、わからないんです。けれど、とにかく一生懸命干してくれていました。私はとっても嬉しかったのを覚えています」


その夜、夕食の洗い物を終えたミサさんは、コウタくんの思いがけぬお手伝いに、心が温かくなっていた。

遅い時間だったけれど、明日は日曜日。久しぶりにレンタルビデオショップにでも行こうと思いたち、コウタくんと二人で出かけることにした。

「お兄ちゃんたちをおいて、二人で出かけることなど滅多になかったので、コウタも喜んでついてきました。お店に着くと、コウタはガンダムのビデオが見たいと言って、たくさんのビデオの中からその一本を選びました。私が『今日はもう遅いから、このガンダムは明日の夜、お兄ちゃんたちと一緒に見ようね』と言ったら、コウタは素直に『うん』と答えました」

翌日は、母の日だった。母の日だからと言って、何か特別なことをする予定はなかったが、この日は、お兄ちゃんのサッカーの試合を応援するため、朝から家族そろって近くのグラウンドに出かけていた。

悲しい出来事が起こったのは、その帰り道のことだった。

コウタくんが家族の目の前で車にはねられ、約六時間後に息を引き取ったのだ。

あんなに楽しみにしていた、ガンダムのビデオも見ないままに……。

あの日から、七年が過ぎた。

けれどもミサさんは、コウタくんが亡くなる前日に一生懸命干してくれた、あの洗濯物だけは、今も取り入れることができないのだという。

「七年も経ってしまったのに、おかしいですよね。きっとほこりもかぶっていると思うんです。けれど、どうしてもあれだけは……。だから、ハンカチもバンダナも靴下も、今もそのままなんですよ」

そう言いながら、奥の部屋のポールに吊るされた洗濯物に目をやった。

「でもね、私にとっては悲しい、悲しい母の日になってしまいましたが、事故が起こる少し前に、あの子からはこんなプレゼントをもらっていたんですよ」

そう言って取り出したのは、B六サイズほどの大きさの、一枚の画用紙だった。

真ん中には『ママありがとう』と書かれ、その下には、絵の具をつけてぺたんと押した、コウタくんの手形が添えられている。そして、メッセージの左右には、赤い折り紙で折られた二つのカーネーションの花が貼りつけられていた。

ミサさんは、そのカードをじっと見つめながら、こう言った。

「これが、コウタからの、最後の母の日のプレゼントです。あの子は、こんな小さな手で、一生懸命洗濯物を干してくれたんですね……」

そこに押されたかわいい手形は、いつまでも、ずっと四歳の小さな手のままだ。

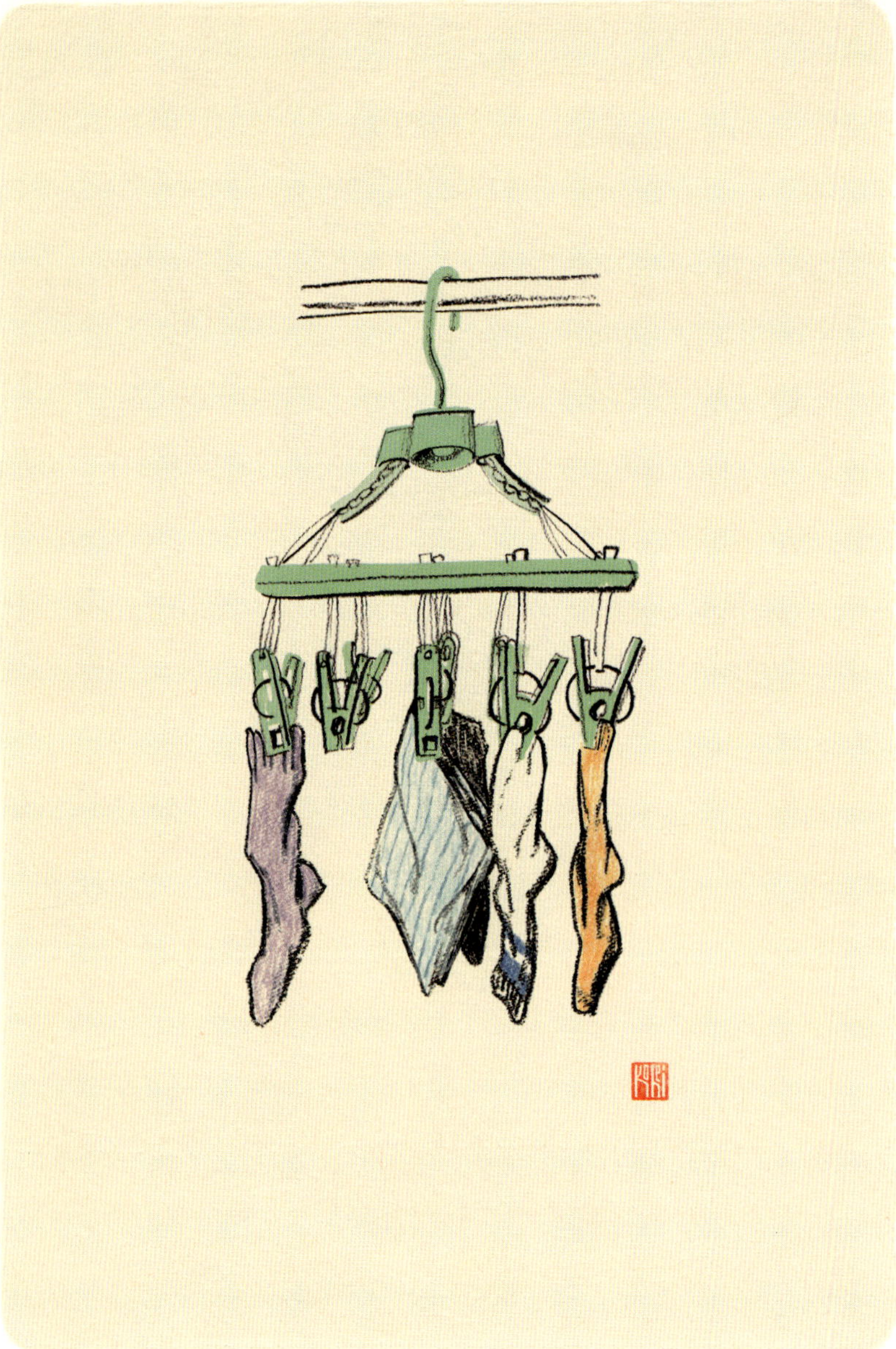

吸殻

落ち着いたスーツ姿とはちょっと不釣り合いなエアロパーツが装着された、若者好みのスポーツカー。裁判を終えたマサハルさんは、駐車場に停めてあったその車の助手席に私を乗せると、シフトチェンジをローに入れ、車をスムーズに発進させた。

この日私は、マサハルさんが原告となって闘っている裁判を傍聴するため、とある地方裁判所を訪れていた。

後部座席には、茶封筒に入ったたくさんの書類が積み込まれている。裁判の年数に比例して、書類の量も増える一方だ。

「裁判官がどんな判断を下すのかはわかりませんが、なぜ直進していて犠牲になった息子に過失を押しつけられなければならないのか。二十二歳という若さで逝ってしまったアツシの無念だけは何とか晴らしてやりたいと思いましてね」

事故が起こったのは、二〇〇一年四月七日の朝のことだった。

知らせを受け、すぐに駆けつけた現場の状況は、想像を絶するものだった。

マサハルさんの目に飛び込んできたのは、バラバラに飛び散って炎上した、見覚えのあるオートバイのパーツと、路上にかけられたカーキ色の毛布だった。

「ひと目見て、それがアツシであることがすぐにわかりました。思わず駆け寄りましたが、その後の記憶は……。ただこの日は、満開だった桜が強い風に吹かれて見事な桜吹雪になっていた……、その、幻想的な光景だけは、今もはっきり覚えています」


駅へ向かう途中、マサハルさんは国道沿いのガソリンスタンドに車を入れた。

「いらっしゃいませ〜〜」

茶髪に帽子をかぶり、少し大きめの作業ツナギを着たアルバイトの女の子が、威勢よく車のほうに駆け寄ってくる。

「いらっしゃいませ〜、カードお預かりしま〜す」

ウインドウ越しにカードを受け取ったその子は、小走りにそれを機械に通すと、今度は雑巾を手にしてフロントガラスを背伸びするように拭き始めた。

「元気で、いいなあ……」

その様子を見ながら、マサハルさんは目を細めた。

「お客様、灰皿、ゴミの方はいかがですか〜」

今度はもう一人の店員が、車内を覗くように近づいてきた。ダッシュボードの灰皿の中には、折れ曲がったタバコの吸殻が、すでに十本くらい重なり合っていた。

ところが、マサハルさんは、こう言ったのだ。

「いいえ、結構です」

「よろしいんですか〜?」

「はい、このままで大丈夫です」

私が助手席で、そのやりとりを不思議そうに見ていると、マサハルさんは少しはにかみながら、こう答えた。

「ああ、これは、アッシが残した吸殻なんです。マイルドセブン・スーパーライト。亡くなる少し前に、この銘柄に変えたんです。おかしいですよね、息子が残したものはどんなものでも、たとえ吸殻であっても捨てられなくてね……」

私はそのとき、マサハルさんがこの白いスポーツカーに乗っている理由が、初めてわかった。

数ヶ月後、加害者の言い分はほぼ全面的に却下され、裁判での和解が成立した。それからしばらくして、マサハルさんは、アッシさんの愛車を手放した。

その日の思いは、自身のブログにこうしたためられていた。

〈あの日を境に、オーナーを亡くしたアッシの愛車——。でも、その車は、私が代わりにハンドルを握り、日本全国、さまざまな場所を走らせたぞ。いつも手入れして、ボディはピカピカ。アッシの友達にきちんと整備をお願いしていたから、機関は良好。いつでもアッシが乗れるようにしておいたのに……。

そういえば、お前と彼女の思い出の場所へ、同じルートを走って訪れてみたこともあったんだ。高原の小さな教会では、若者のカップルたちの模擬結婚式が行われていて、その光景が、眩しくも哀しく心に焼きついた。

でも……もういいだろう。今日、お前の車を引き取っていただいたんだ。車の中にあった物は全部持ち帰ってきたよ。お父さんもお母さんも、今日は凄く哀しい。何だか、お前の葬儀を繰り返しているような錯覚に陥って、フラッシュ

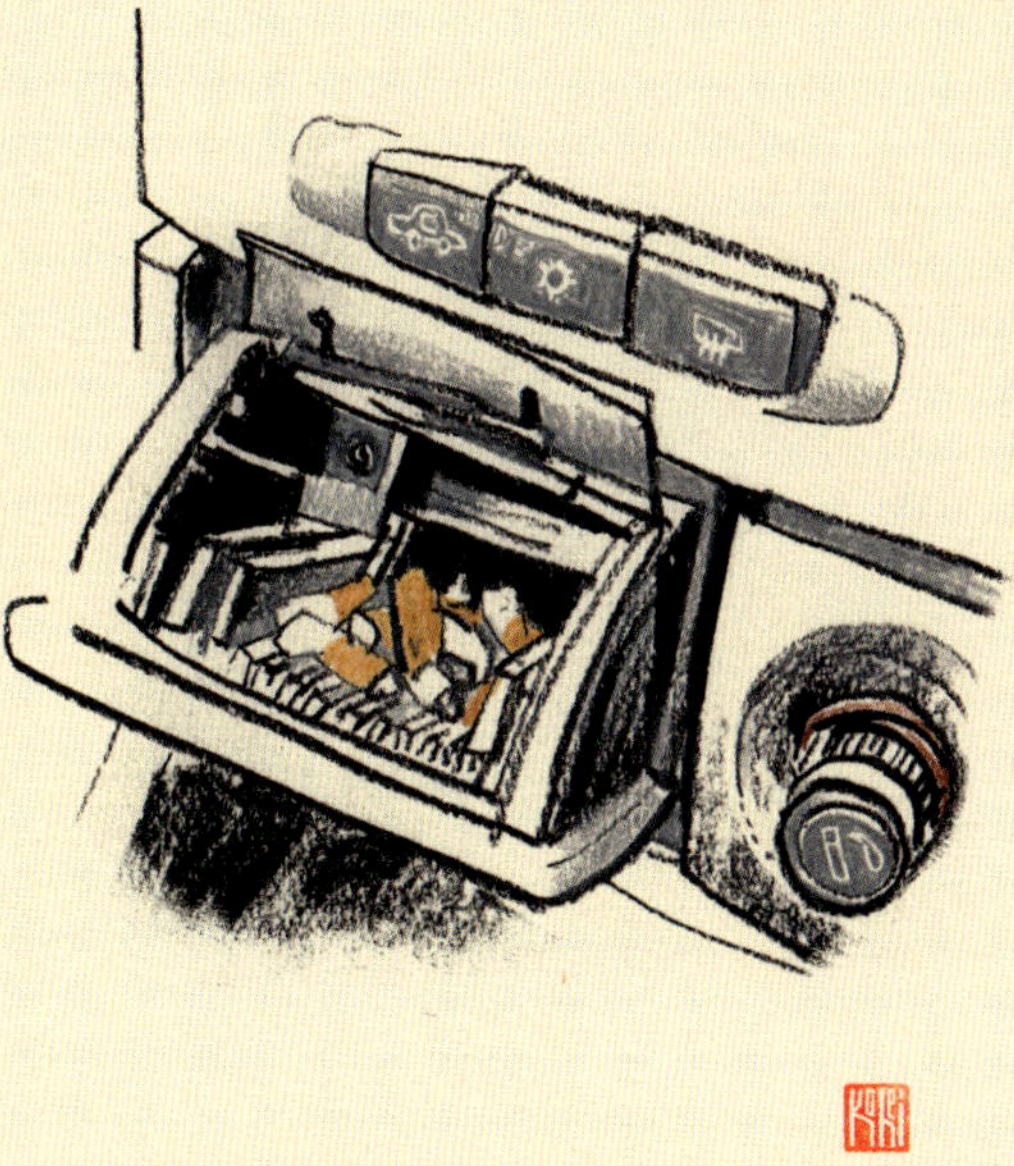

バックだ。

あの頃の我が家の駐車場には、バイクもあって駐車場が狭すぎるくらいだった。

今日からはお父さんの車だけでさ、駐車場が広すぎて、何とも寂しいな。

あの頃はよかったな……、本当によかった……。アッシごめんな……。〉

あの日からさらに月日は流れ、事故から十年が過ぎたある日のこと、久しぶりの電話でマサハルさんは、これまでの日々をとつとつと振り返った。

「この十年間というものは、アッシが生きていた過去と、死んでからの過去と、そして、現在の時間を行ったり来たりしながら、どの時間の中でも、現実のすべてが蜃気楼のようで、見果てぬ夢から覚めたくなくて……、そんな感じでしたね」

私は、ずっと気になっていたあのことを聞いてみた。

「吸殻は、その後、どうされたんですか?」

「ああ、あの吸殻ですね。今でもちゃんと保管しています。灰皿ごとラップに包んでね。でも、本当に嬉しいです。十年目のこの時期に、アッシの吸殻のことを忘れずに覚えていてくださったことが……、私は一番嬉しいんです」

マダムの腕時計

「久しぶりだわ、こうして車窓から流れる景色を見るなんて」

アヤコさんはしみじみとした口調でそう言うと、頂に雪の残る美しい山々を見るために、大きく身を乗り出した。

細身の身体にエレガントなツイードのジャケット。栗色に染められた髪は、かたちよくセットされ、手入れされた白い指には、上品なダイヤの指輪がさりげなく光っている。

六十代になっても、こんなにおしゃれな女性でいられたらいいなあ……。

アヤコさんは女性なら誰もが憧れるような、そんな素敵なマダムだ。

この日私は、アヤコさんとともに、翌日に開催される犯罪被害者のためのシンポジウム会場に向かっていた。「ずっと家に引きこもっているのよ」と言っていた彼女に、

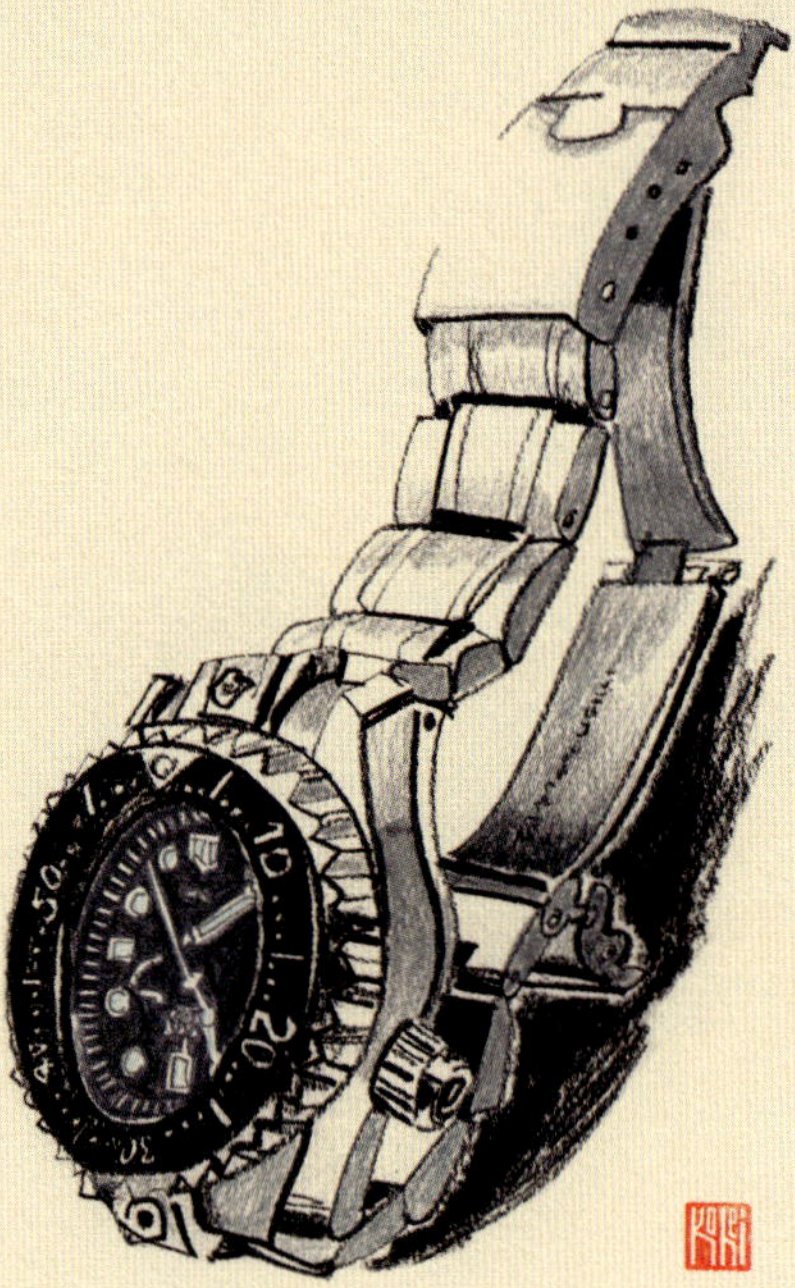

「たまには遠くへ出かけませんか?」と声をかけたところ、意外にも「じゃあ、一緒に連れて行ってもらおうかしら」という返事が返ってきたのだ。

北へ向かう新幹線の中はすっかり旅気分だった。アヤコさんは車内販売のカートが通るたびに呼び止めては、ビールやおつまみ、幕の内弁当などを楽しそうに次々と買い求めていた。

「主人と息子が元気な頃は、よくこうして旅行をしたのよ。駅弁はね、それぞれが違う種類を買って、みんなで好きなおかずをつつき合って、ピクニック気分で食べたわ。でも、一人になったらそれもできないのよね」

アヤコさんは少し寂しそうな表情を浮かべてそう言うと、また窓の方に身体を向け、移りゆく風景を眺めていた。

一人息子のミキオさんが、暴行事件に巻き込まれて亡くなったのは十年前。就職先も決まり、新しい職場で張り切っていた矢先のことだった。

ミキオさんの死から約一年後、今度は夫が突然の発作に倒れ、あとを追うように他界した。息子を失った心労も重なったのだろう。

その日から、アヤコさんは誰もいない家の中にひとり取り残されてしまった。それでも、食事はいつも三人分。肉も、魚も、ずっと三人分焼き続けてきたという。

「主人は息子の事件のあと、できるだけ私に負担をかけまいと、ひとりですべてを背負い込んでいたのね。ふと気づいたら、私はただ泣いているばかりで、事件のことなどあえて何も知ろうとしなかったし、見ようともしなかった。主人が突然逝ってしまってから、どれほど守られていたのかがよくわかったわ。やさしくて強い人だったから……」

新幹線が北へ進むにつれ、車窓から見る景色には徐々に残雪が多くなっていく。東京ではそろそろ桜便りが聞こえているというのに、東北地方にはまだ冬の名残がそこここに見られた。

列車がトンネルに入り、アヤコさんが窓辺に置いていた缶ビールを取ろうと手を伸ばしたそのとき、私は一瞬、はっとした。

おしゃれなツイードジャケットの袖口からのぞいた彼女の細く白い左の手首に、がっちりとした黒い時計がはめられているのが見えたからだ。防水タイプのダイバーズウォッチだろうか。それは、アヤコさんのファッションには、あまりにも不似合いな取り合わせだった。

「その時計は？」

思わず私がたずねると、アヤコさんは右手で腕時計の文字盤をそっと包み込み、微笑みながらこう答えた。

「息子が大事にしていた時計なの。眼鏡や携帯電話は無惨に壊されていたんだけど、この時計だけはあの子の心臓が止まっても、しっかり動き続けていたんです。主人は、あれ以来、どこへ行くにもずっとこの時計を腕にはめていたわ。けれど、その主人もこの時計をはめたまま天国に行ってしまったでしょう。だから今度は、私がこの時計をはめているの。これから先、あと何年一緒に時を刻み続けてくれるのか、わからないけれど……」

新幹線は、間もなく目的の駅に到着した。

アヤコさんが買い求めていた幕の内弁当は、結局、手つかずのままだった。

夏

納経帳

「これはね、息子が事故で亡くなる少し前、バイクでお遍路さんをして、いただいてきたものなんですよ」

チエさんはそう言いながら、仏壇の横に置かれていた和綴じの冊子を手に取ると、私にそっと差し出した。

『四国霊場八十八ヶ所奉納経帳』と題されたその中には、一番から八十八番までの霊場で受けた朱印が押され、ご本尊の紙札が貼りつけられている。いわゆる、四国巡礼の記録だ。

「二十代の若さで八十八ヶ所を踏破されたなんて、すごいことですね。私も四国を旅したときには、少しずつ参るようにしているんですけれど、八十八まではまだまだです。この納経帳をすべて埋めるというのは、簡単なことじゃありませんよ」

私が驚きながらそう言うと、

「そうなんですよね。でも、私はあのとき、そんなことは何も知らなかったの。ほんとに、どうしてあのとき……」

チエさんは、小さくため息をつきながら、十年前のその日のことを、まるで昨日のことのように振り返った。

「あれはちょうど、お盆休みでコウジが実家に帰省していたときのことでした。突然、あの子が私のそばに来てね、『お母さん、お母さん、八十八ヶ所回ってきたんだけど、納経帳いる?』って、にこにこしながら聞いてきたんです。私はそのとき、店の仕事が忙しくって、『えー、私、そんなのわからない、興味ないわよー』って、それを見ることも、しっかり話を聞くこともせずにさらっと答えてしまったの。そしたらあの子、とってもさみしい顔になって……。私、今でもあのときのあの子の表情が忘れられないんです」

その納経帳をチエさんが初めて手に取ったのは、コウジさんの葬儀が終わって数日後のことだった。

その年の十月、コウジさんはバイクで交差点を直進中、突然Uターンした車に道をふさがれ、命を奪われたのだ。二十九歳、早すぎる死だった。

それから数ヶ月後、コウジさんの友人から一通の手紙が送られてきた。同封されていたのは、コウジさんからメールで受信していたという、四国八十八ヶ所ツーリングのレポートだった。そこには、ゴールデンウィークの八日間を利用して巡った道の風景、各霊場での思い出や苦労談、出会った人々との温かいふれあい、自炊した食事のメニューなどが、日記風に生き生きと書かれていたのだ。

そして、最後のページはこんなふうに綴られていた。

〈基本的には観光じゃなくて、試練ですよね、ねえ大師様? まあいい試練にはなったかな。時間がないなりに、他にもいろんな人と話をして、励まし合って回ったけど、みんな無事に帰路につけたのだろうか。まあ、なんにせよこれにて終了!〉

チエさんは、仏壇の中に置かれているコウジさんの遺影をやさしいまなざしで見つめながら語る。

「こんなに大変な思いをして授かってきた納経帳を、あの子は私にくれようとしてい

四國第一番
四國第一番

たんですね。いつも『お母さんは働き過ぎだよ、大丈夫?』って心配してくれていたからかしら。なのに私、どうしてあんなこと言ったんだろう、なんで喜んであげられなかったんだろう、もっともっと褒めてあげればよかったのに、って。今にして思えば、後悔ばかりです。本当にやさしい子だったから……」

そんなチエさんは、今、バスツアーで、四国八十八ヶ所参りの旅に出かけている。先週、五回目の旅を終えたばかりだ。

これまでに参拝したお寺は七十二ヶ所。二ヶ月後には、最終回となる六回目のツアーが予定されていて、無事に行けば、いよいよ八十八ヶ所を達成することになる。

「遍路道は〝同行二人〟と言いますが、私は、お大師様とコウジと私の三人で旅をしています。あの子が遺したツーリング日記と写真をカバンに入れて……。

それにしても、コウジはこの大変な道のりをたった七日間で走り、すべてのお寺を巡ったんですね。あの子が踏みしめた参道の石畳を歩きながら、『ああ、あの写真はここで撮ったんだなあ』『この坂道が大変だったんだなあ』『コウジはどんな気持ちでお遍路さんをしようと思い立ったんだろう……』そんなことをいろいろ語りかけ、心の中で謝りながら、歩いているんです」

四国八十八ヶ所すべてを参ったお遍路さんは、最後に千年杉に囲まれた和歌山県の高野山を目指し、そして、納経帳の一番最初のページに朱印をいただいて、遍路旅を締めくくる。

この夏、チエさんは、コウジさんが自分に贈ろうとしていた納経帳を携えて、彼が亡くなる直前に辿った最後の霊場に、一緒に登るつもりだ。

納経帳「高野山・奥の院」のページには、こんな御詠歌が印刷されている。

ありがたや高野の山の岩かげに
　大師はいまだおわしますなる

金魚

「こんにちは、ナオキくん。これ、ちょっとだけど、おみやげね」

「わあ、ありがとう!」

ナオキくんは、私が手渡した小さなお菓子の包みを手にすると、ニコッと笑って隣の部屋の方に駆けていった。

どこに行くのかな、と思って後ろ姿を見ていると、仏壇の前にちょこんと座ってその包みを遺影の前に供えている。

そして、チーンと一回鐘を鳴らすと、

「お姉ちゃん、先に味見していいよー」

そう言って、一瞬だけれど、小さな手を合わせるのだ。

しばらくすると、リビングの方から、母親のアキエさんが声をかけた。

「ナオキ、お姉ちゃんが、ナオキも食べていいよーって」

すると、ナオキくんは嬉しそうな顔をして、さっき供えた袋を仏壇からおろすと、目をキラキラさせながらお菓子を取り出した。

ナオキくんは、小学校に通う七歳の元気な男の子だ。

六歳上にユキコちゃんというやさしいお姉ちゃんがいるのだけれど、彼にはお姉ちゃんと一緒に遊んだ記憶はない。ナオキくんがまだ赤ちゃんのとき、猛スピードで走ってきたオートバイにはねられ、わずか七歳で天国へ旅立ったのだ。

その日は、悲しいほど、秋風が爽やかな季節だった……。


ユキコちゃんにとって、ナオキくんは、待ちに待ったかわいい弟だった。

部屋の中には、生まれて間もないナオキくんを嬉しそうに抱っこする、ユキコちゃんの写真がそこここに飾られている。

アキエさんは、ミニカーで無邪気に遊ぶナオキくんの姿を見ながら、静かな口調で話し始めた。

「ナオキには、お姉ちゃんに抱っこしてもらった記憶はないんです。でも、写真を見たり、私たちの話を聞いたりして、かわいがってもらっていたことだけはわかっているみたいです。何か美味しいものがあると、なんでもお姉ちゃんに先にお供えして、アイスのように長く置いておけないものは、ほんの少しだけ仏壇に置いてから、『お姉ちゃん、先に食べるよーっ』て言って食べてます。主人も、何かあるたびに『悪いことをしたらお姉ちゃんに叱られるぞ、お姉ちゃんはみーんな見てるんだからな』って、ナオキにそう話していますね。ナオキにはお姉ちゃんの姿は見えないけど、いつもお姉ちゃんがそばにいて、一緒に生活しているような、そんな感じなんでしょうね。もちろん、私たちだって、そう思わないとやっていけないんですけれど」

ミニカーを手にしたナオキくんが、ときどき甘えたようにアキエさんの膝にすりよってくる。

アキエさんは、膝の上のそのかわいい頭をやさしくなでながらこう続けた。

「不思議なんですけど、この子は小さい頃から、『ボク、たまーに、お姉ちゃんが見えるんだよ』って言うんです。この間もね、『ほら、お母さん、今、お姉ちゃんが冷蔵庫を開けたよ、何か飲んでるよ』なんて言ってくれて。そんなときは、ああ、ユキコも向こうで元気でやっているんだなあって、なんだか嬉しくなるんですよ」

事故から今年で七年――。アキエさんはこの年を、いつもとは少し違う、複雑な気持ちで過ごしているという。

「実は、ナオキはもうすぐ、ユキコが生きた七歳と六ヶ月と十日を超えるんです。この夏を境に、ナオキはお姉ちゃんより大きくなっていくんですよね。でも、天国でもユキコは、きっと歳を重ねていて、ずっとナオキのお姉ちゃんでいると思います。そう、お姉ちゃんに変わりはないから……」

ふと、ユキコちゃんの仏壇の隣の棚に目をやると、金魚鉢の中で赤い流金が尾びれを広げながら優雅に泳いでいた。

「まあ、かわいい金魚ねえ。この金魚はナオキ君が育てているの?」

私が金魚鉢の中を覗き込みながらたずねると、

「うん、お姉ちゃんもね、金魚が大好きだったんだよ。だからボク、毎日エサをやってるよ」

ナオキくんは、はりきってそう答えてくれた。

弁当箱

私がＩＣＵを訪れたとき、ケイゴくんはたくさんの機械に繋がれたまま、ベッドの上で眠っていた。

事故から三週間、彼は一度も目を覚ましていない。

母親のヨウコさんはそんな彼のベッドの傍にある、小さな丸椅子に腰をかけながら、あの日以来、時間の許す限り寄り添ってきた。

大きなマスクに感染予防のためのキャップをかぶっているので表情はよくわからないが、充血した眼は、彼女の疲れが限界に達していることを物語っていた。

ふと、ベッドの下に目をやると、そこには二十七センチはありそうな大きなスパイクが、ビニール袋に入れて置かれている。

「ああ、それ、息子のなんです。部活で朝から晩までサッカーをやっていて、あの日も、朝練があるんだと言って朝早く起きて、いつものように自転車で学校へ向かっていたんです。学校まで、あと二百メートルだったんですけれどね……」

彼女は意外にも、淡々とした口調でそう語った。


ケイゴくんは高校二年生。事故が起こったのは、夏休みが始まる直前のことだった。いつもの交差点を横切ろうとしたとき、右側から走ってきたワゴン車と衝突し、数メートル飛ばされたのだ。

「学校から事故の第一報を受けたときは、足が震えました。でも、意識もはっきりしているし、身体にもそれほど大きなけがを負っていないようだと言われたので、正直ほっとしていたんです。あの子はスポーツが得意だから、きっと受け身がうまかったんだなって。だから、職場へ向かっていた主人にも『大したことなさそうだから、わざわざ病院まで来なくても大丈夫だと思うわ』そう電話で伝えていました」

しかし病院に着いたとき、ヨウコさんは医師たちの慌てようを見て、これはただ事ではないということに初めて気づいた。

「お医者さんはね、この子は脳死状態だっていうんですけれど、私にはその意味がよくわからないの。だって、息子の目からは涙も出るし、爪も伸びてくる……。今でも、これが現実なのか、夢なのか、ふとわからなくなることがあるんです」

ヨウコさんはそう言いながら、微動だにせず眠り続けるケイゴくんの前髪をそっとかき上げた。


結婚して八年目、ようやく授かった一人息子だった。

幼い頃に父親を病気で亡くしていたヨウコさんは、夫婦そろって子育てができることの幸せをかみしめる毎日だった。

「勉強よりも、どちらかといえば運動の得意な男の子に育ってほしかった。だから、本人がやりたいというスポーツは、できるかぎりさせてやったの。小学校のときからサッカーの少年団に入って毎日猛練習、主人が休みの日には、必ず応援に行ってたんですよ」

ベッドの脇に置いてあったポケットアルバムの写真は、家族三人、いつもヨウコさんを真ん中にして満面の笑顔だ。

「これは沖縄ですか?」

「ええ、去年の夏休みです。高校に入ると部活が忙しくって、なかなか休みが取れなかったんですけど、なんとかね。ケイゴは初めての沖縄をとっても気に入って、絶対にもう一度行きたい、そう言ってたのに……」

気丈だったヨウコさんの視線が、一瞬、焦点を失ったかのように遠く揺らいだ。

ＩＣＵの面会時間には二十分以内という制限があるため、私は残りの時間を気にしていた。もちろん、たとえ母親でも面会時間には制限があるはずだったが、病院側の計らいで、数日前から家族には好きなだけそばにいてもいいと言ってくれているのだという。

ヨウコさんは、特に時間を気にする様子もなく、話を止めようとはしなかった。

「事故の日の午後、警察から息子の持ち物だといって、スポーツバッグを渡されたんです。そこには、教科書とノート、ジャージ、そして私が朝持たせたお弁当なんかが無造作に入れられていたんですけれど、お弁当箱をなにげなく持ち上げたとき、一瞬、『えっ』と思ったの。だって、ずしっと重たいんですもの。スポーツバッグから取り出すお弁当箱はいつも空っぽで、ご飯粒ひとつ残っていないのが当たり前なのに、どうして今日はこんなに重たいんだろうって」

そのとき、ヨウコさんの目から突然涙があふれ出した。その涙は、マスクの中に次々と消えてゆく。

彼女は、大きなため息をひとつつくと、消え入るような声でこう言った。

「私ね、お弁当箱が重たいまま帰ってくるということが、あんなに怖いことだとは知らなかった……」

警察から引き取ったスポーツバッグを携えて自宅に一度戻ったヨウコさんは、すぐに冷凍庫から余分なものを取り出すと、その空いたスペースに、包みのままの弁当箱を押し込んだという。

もしふたを開けてしまったら、中身を空にしてしまったら……、息子のためのお弁当作りが永遠にできなくなってしまう、そんな気がしたからだ。

ケイゴくんが亡くなったというメールが、ヨウコさんのご主人から届いたのは、それから四日後のことだった。

パジャマ

「わー、すごいご馳走ですね」

雑誌の取材で、サチコさんのお宅にお邪魔したときのこと。居間の机の上にたくさんのお料理が並べられているのを見て、私は思わず声を上げてしまった。

大皿の上には、茄子、ピーマン、ニンジンのほか、シソやコンフリーなど色とりどりの天ぷらが山のように揚がっていて、その横にある大きな盆ざるの上には、取りやすいサイズにくるりんとまとめられた手打ちうどんが、きれいに並べられている。

小鉢に入っているのは、梅酢と玉ねぎの和え物、こっちは茹でアスパラにかつお節がふりかけられたおひたしだ。どれも色合いがとってもきれいな手作りのお惣菜で、見ているだけでも嬉しくなってくる。

「庭で採れたものばかりで、なんにもないんですけど、どうぞ召し上がってくださいね。うどんと天ぷらは、この天つゆにつけて一緒にどうぞ」

エプロン姿のサチコさんは、嬉々としながらキッチンと居間の間を行ったり来たりしている。さすが三人の男の子を育ててきたお母さんだ。料理は手早く、その動きには無駄がない。取材に同行していた体格のいいカメラマンは、すすめられるままに箸を取り、早速、しこしこのうどんとサクサクの天ぷらを、次々に口へ運びはじめた。

「いいわねー、私、たくさん食べる男の子が大好きなの。ヒカルも本当によく食べる子で、どんな食べ物でも不平不満は一切言わず、箸をつける前から『あーこれ、うっめー、いけるー!』なんていう子だったんですよ」

サチコさんはそう言って、私たちの箸の動きを見ながら目を細めた。

私は、心のこもった手料理をいただきながら、思わず、死亡事故の取材でここを訪れているのだということを忘れてしまうほどだった。

サチコさんの二男で、当時二十歳だったヒカルさんが突然の事故で亡くなったのは、二〇〇三年八月のことだった。原付バイクで交差点を進行中、赤信号を無視して走ってきた運送用トラックが衝突。ヒカルさんにとっては不可抗力の事故だった。

しかし、運転手の供述の変遷がサチコさんとご主人を苦しめた。一度は信号無視を認め、自宅まで来て謝罪したにもかかわらず、会社側からの圧力もあったのか、供述の内容を一八〇度変えてきたのだ。

「あのときは本当に人が信じられなくなりました。でも、私って馬鹿ですよね。息子とさほど歳の変わらないその運転手がうちへ謝罪に来たとき、お腹がすいているんじゃないかと思って、ラーメンを作って出したんです。彼は、『ありがとうございます』と素直に言って、スープも一滴残らず飲み干していったのよ。それなのにね……」

リビングとキッチンの間に置かれた大きな仏壇には、たくさんの花とヒカルさんの好物が、ところ狭しと飾られている。この場所にあえて祀《まつ》っているのは、ヒカルさんが、いつもキッチンに立つサチコさんの後ろ姿を見守り、そして家族の団欒の中にいられるように、だろうか。

サチコさんの話を聞きながら、私はふとそんなことを感じていた。

インタビューの間も、サチコさんの手は休まずに動いていた。今度は強力粉をボールの中に入れたかと思うと、水とドライイーストなどを加え、手際よくこね始めた。間もなく、玉ねぎやソーセージやケチャップがたっぷりのった、美味しそうな焼き立てのピザが運ばれてきた。

「男の子ってすぐにお腹が減るでしょ。だからよく、こういうのをぱぱっと作ってたわ。ヒカルもこのピザが大好物でね」

そして、サチコさんは、熱々のピザを手際よく切り分けながらこう続けた。

「実はね、事故の二日前、ヒカルが突然こう言ったんです。『あー、お母さんが作ったピザが食いてー』って……。でも、結局、それを食べずに逝ってしまったんです。あの子が亡くなって五日目、最後の最後に棺を閉じるとき、三男が『お母さん、ピザを焼いて入れてあげたら』って言ったんですけど、そのときの私には、そんな気力もなくて、結局作ることはできなかったの……」

「亡くなってから五日目ですか」

「ええ、どうしてもヒカルと別れるのが辛くてね、亡くなったあと、自宅でできる限り一緒に過ごしたんです。一日目の夜はおばあちゃんが一緒に、二日目の夜は私と主人が両側からヒカルを抱きしめて夜を明かし、三日目はお兄ちゃんが、四日目は弟とたくさんのお友達に囲まれて……。それで、五日目に本当のお別れの日が来ました。私お友達はヒカルの棺に、あの子の好物だった食べ物をいっぱい入れてくれました。私はそのとき、何もできなかったんですけれど、棺を閉める直前になって、ふと思いついたんです」

「えっ、ピザを？」

「いいえ、ボロボロになった、私のパジャマです。薄いピンク色の、トレーナーみたいな……。ヒカルはね、小さいとき、私のそのパジャマの袖口を触るのが大好きで、三歳年下の弟にお乳を上げているときには、いつもその袖口を握りしめながらぴったりとくっついて寝ていました。私がお風呂に入っているときは、そのパジャマを首に巻いて待っていて、とにかくいつもそれを離しませんでした。高学年になったある日、『こんなの捨てちゃうよー』と言って、私がゴミ箱に入れていたら、いつの間にか弟がそれを拾い上げていて、そのときのヒカルの嬉しそうな顔ったら……。そのうち、私の方が捨てられなくなってしまって、きれいにたたんでずっと引き出しの奥にしまっていたんです。ピザも焼いてあげられなかったし、何も入れるものがなかったでしょ。だから、私は急いでそれを取りに行って、そして、ヒカルの顔の横にそのパジャマをそっと置いてあげました。向こうに行って、赤ちゃんに戻っても、寂しくないようにって……」

心づくしの手料理をいただきながら、たくさんのお話を聞き、何時間経っただろうか。心もお腹もいっぱいになった私たちは、そろそろおいとますることになった。

私たちがお礼を言って、玄関を出ようとすると、

「ミカさん、これ、よかったら帰りの車の中で食べてください」

サチコさんはいたずらっぽい笑みを浮かべながら、クッキングホイルに包まれたそれを私たちに見せた。

「わあ、すごい！」

それは、普通の四倍くらいはあろうかという、巨大な棒状のいなり寿司だった。これを作るときには、馴染みのお店に行って特大の油揚げを買い求めるのだという。

「このいなり寿司もね、ヒカルの大好物だったんです。いつも『お母さん、これ、うめーっ、うめーっ！』って、両手で持って、たくさん食べてくれたんですよ。

そして、ずっしりと重たいその包みを私たちに手渡すと、やさしい笑顔でこう言った。

「今日は久しぶりにたくさんのお米を炊くことができて、本当に楽しかったわ。また来てくださいね。ありがとう……」

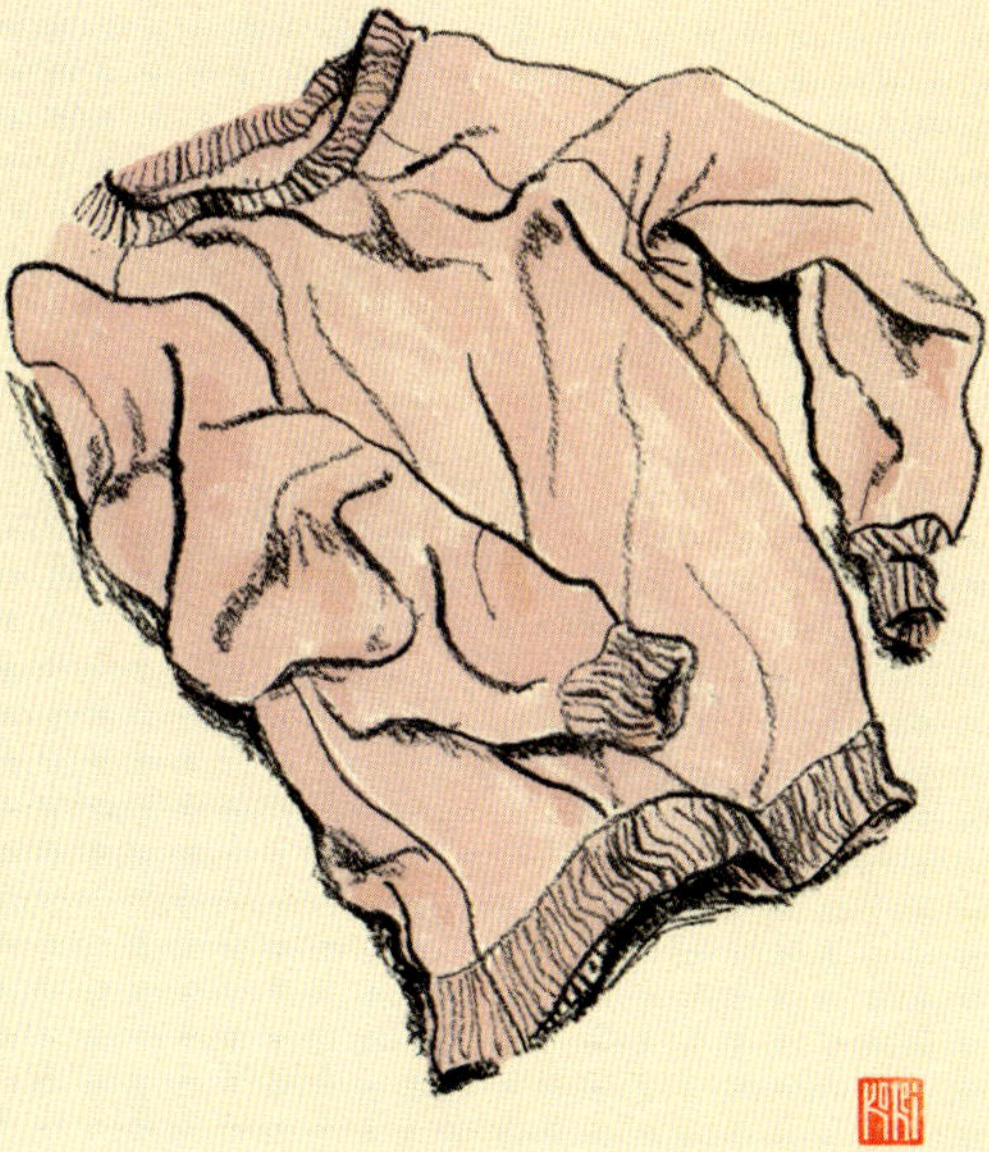

最北端からの手紙

インタビューの途中、レイコさんは、突然くすくすと笑いだした。

「どうしたんですか?」

お茶菓子に、と出された『鳩サブレ』を手にしたまま、私はすかさず聞き返した。

「だって、今、一瞬迷ってたでしょ? どこから食べようかって」

「えっ」

たしかに、そのとおりだった。

くちばしの部分から食べようか、それともしっぽからにしようか、私が無意識のうちに手を止めて考えていたのを、どうやら見事に見透かされていたようだ。

「だって、鯛焼きもそうだし、ひよこ饅頭もそうだし、〝お頭〟のついているお菓子はどこから食べればいいのか、どうしても悩んじゃうんですよね」

私はそう答えながら、しっぽの方からサブレを割った。

「うちの息子もね、鳩サブレが大好きだったの。小さいときはいつも、どこから食べようかなって悩んでたわ。主人がわざと首からぽきっと割ったりすると、『ハトがかわいそ〜だよ〜』とか言って怒るの。あんな時代もあったんだなあ。結局、どこから食べたって、最後には姿かたちなんてなくなるのにね……」

七年前、レイコさんは大学生だった一人息子のケンジさんをバイク事故で失った。バイト代をコツコツと貯め、大学生活最後の夏休みを利用して出かけた北海道ツーリングの途中だった。

「バイクの後ろにテントやシュラフ、荷物をいっぱい積んでね、キャンプしながら北海道を一周するんだって目をきらきらさせて出かけて。あと一週間で家に帰ってくる予定だったのに……」

彼女は両手でマグカップを持ち、珈琲を一口すると、大きくため息をついた。

礼文島からフェリーで稚内に戻り、ライダーなら誰しも訪れる最北端の宗谷岬に立ち寄った彼は、そこからオホーツクラインを南下し、道東・知床方面へ向かっていた。

そして、網走に向かう途中の国道で、対向車線をオーバーしてきた乗用車に正面衝突されたのだ。

レイコさんのもとに連絡が来たとき、彼は既に息を引き取っていた。

「息子の遺体を引き取りに行く飛行機の中で、主人はたった一言、こう言ったの。『だから、俺は反対したんだ』って。その言葉に、私の心は凍りついたわ。『ケンジが死んだのは、私のせいなの!』そう叫んで、人目もはばからず、声を上げて泣きたかった。でも、そのときはもう、声を出す気力さえなかった……。主人の言葉は、そのあとも私の耳の奥に張りついて、私は飛行機を降りてからもずっと自分を責め続けていたの。でも、人間って不思議なものね。たった一言で、すべてが終わってしまうこともあるんだから」

レイコさんは、かつての夫がそうしたように、鳩サブレを手に取ると、首の部分でぽきっと割った。その仕草は、ほんの束の間、二度と戻ってはこない家族の団欒のひとときを懐かしんでいるようにも思えた。

「北海道で息子と対面して、飛行機で家に連れて帰って、そして、お葬式を終えるま

日本最北端到着証明

で、いったいどうやって過ごしたのか、不思議なくらいほとんど覚えてないの。でもね、お葬式が終わって郵便物の中にこれを見つけたとき、初めて目が覚めたような気がした」

彼女はバッグの中から二つ折りの財布を取り出し、さらにその中から一枚のカードを取り出すと、微笑みながら私に手渡した。

『日本最北端到達証明』と記された名刺サイズのカードには、青い空と海をバックにした宗谷岬の三角錐のシンボル『日本最北端の地の碑』の写真がプリントされ、その下には『本日あなたは北緯四五度三一分日本最北端の地、宗谷岬に到着し、その足跡を印したことを証明いたします。』と記されている。

証明書に刻印された日付は、事故が起こった日、つまり、ケンジさんの命日だ。

そして、その裏側には、小さなボールペンの文字で、こう書かれていた。

『ついに最北端到達！　母上に感謝』

レイコさんは、その文字を指でなぞりながら、少し照れくさそうにこう言った。

「男の子だからあっさりしたものだけど、でも、これを見たとき、私は初めて心から泣くことができた。早すぎたけれど、人生の最後の最後、最果ての海を眺めながら、あの子がどれだけ清々しい満足感に浸っていたか……。そう思うと、なんだか嬉しくって、自分を少しだけ許せたような気がしたの」

そう言うと、彼女はそのカードをお守りのように、財布の中にしまい込んだ。

北極星をモチーフにして作られたという宗谷岬の三角の碑。

あの夏の日、この碑の前に立ったケンジさんは、どんな色の海を眺め、そしてどんな夢を思い描いていたのだろう。

その日までには、まだもう少し時間が必要だけれど、レイコさんはいつか自分も、その地を訪れたいと思っている。

秋

秋桜《コスモス》

『ああ、今年の春も終わりなんだなあ』

桜の花びらが風に舞い、少し寂しい気分になる頃、我が家の庭にはコスモスの小さな新芽が、あちこちから顔を出し始める。

地面の中でじっと冬を越したたくさんの種が、今年もこうして忘れずに、秋のための準備を静かに始めてくれている……、そう思うと、なんだかとっても嬉しくて、でも切なくて、なんとも言えない気持ちがこみ上げてくる。


ダイちゃんコスモス――。

私は、このコスモスたちのことをそう呼んでいる。

『ダイスケのお墓にひとり咲きしていたコスモスの種です。ミカさんのお庭でも咲かせていただけると嬉しいです……』

手紙と一緒に、封筒に入った小さな贈り物が届いたのは、今から十年ほど前のことだった。

『ダイスケの墓所は、今、コスモスの小さな林に埋もれています。毎年毎年、秋には可憐な花が咲き、種が落ち、そして四月半ばにはまた芽吹きます。その種はダイスケの墓所内に留まることなく、周囲の墓所や参道のあちらこちらに芽を出すようになりました。周囲の墓所の方々にとって、コスモスの芽吹きは迷惑な芽吹きであり、参道に生えたコスモスは清掃のときに引き抜かれます。そして、お盆前には墓所全体に除草剤が噴霧されてしまいます。

でも私は、生まれ出たコスモスは、出来る限りその命を全うさせたいと思って、自宅のプランターに少しずつ移植しています。生き続けられる術があるのなら、花を咲かせ、そして種を育て、来年も命を引き継いで欲しいと思うのです』

遠くから届いたその種は、針の先端のように細くて、まさに吹けば飛ぶような小さな種だった。けれど、庭に植えると春にはちゃんと芽を出し、ぐんぐんと背を伸ばし、秋にはふ〜んわり、ふ〜んわりと、風に揺れながらたくさんの花を咲かせてくれた。そして、花は実を結んでまた種となり、地面に落ちて、翌年も、その翌年も、白と真紅と淡いピンク色の可憐な花をたくさん咲かせてくれるようになったのだ。

コスモスを大切に育て、私に種を贈ってくれたスイコさんは、ご主人と結婚してから、夫婦でバイクショップを営んできた。彼女自身も大きなバイクを身体の一部のようにすいすいと乗りこなすベテランライダーだ。

もちろん長男のダイスケくんも大のバイク好き。将来は両親のバイクショップを継ごうと整備の勉強を積み、ライディングの技術も磨いて、難関と言われている大型二輪免許の試験にも合格を果たしていた。

それなのに、それからわずか四ヶ月後、夢は突然打ち砕かれた。

無謀運転の乗用車が、彼の行く手を阻んだのだ。

まだ十八歳――。あまりにも理不尽な、早すぎる死だった。

七回忌を過ぎたある日、久しぶりにスイコさんの家を訪ねたときのことだった。

「この写真は私の宝物なんです。だって、ファインダーの向こうには、今もダイスケの瞳があるから」

そう言いながら見せてくれたのは、満開のコスモス畑をバックに、赤いオートバイにまたがっている彼女自身の写真だった。

バイクに合わせた真っ赤なツーリングジャケット、肩まであるソバージュの髪をなびかせながら、ピースサインをして、カメラに向かってにこやかに微笑んでいる。

「この日は、とっても爽やかな秋晴れでね、店を開ける前に『ちょこっと走りに行こうか』ってことになって。まさに、母と息子の〝走りたい気分〟が一致した、そんな日だったんです……」

ダイスケくんは、東の山のへりをダムに向かって走るコースがお気に入りだった。

「本当に気持ちのいい日だったわ。静かな山里を抜け、帰り道に通りかかったコスモスの群れがあまりにもきれいだったので、思わずバイクを止めて、お互いにパチリ、パチリ、と写真を撮り合ったの。

『来年は、コスモス街道にツーリングに行きたいねぇ』

『でも、ここならコスモス街道って雰囲気だよね』

そんなおしゃべりをしながら。

そうそう、この日私が写したダイスケの写真が、かなりカッコよく撮れていたので、あとで『好きなコがいたら、この写真あげたら〜』なんて、冷やかしたりしてね」

スイコさんは楽しそうに、でも少し寂しげな眼をして、その秋のツーリングの写真を見つめていた。

「でも、やっぱり私は、満開のコスモス畑を背景に、ダイスケが私を撮ってくれたこの写真が一番好き。だって、この笑顔、私のこの視線の向こうに、ファインダーをのぞくダイスケの瞳があるんですもの」


ダイスケくんが「来年、走りに行こう」と話していたコスモス街道は、群馬から長野に続く内山峠のことだったという。

しかし、母と息子のそのツーリングは、永遠に叶わなかった。

スイコさんのブログ『空で逢う日に』には、満開のコスモスと一緒に写された思い出の写真とともに、こう綴られている。


秋桜は、ダイスケと過ごした大切な時間を知っています。

秋桜の花陰にダイスケが佇んでいるように、私は感じます。

朝日が差し込む木立の向こうは、ダイスケの通った中学校の校庭。
部活に励む生徒の掛け声やマラソンの足音。
音楽が流れ、話し声が響く。
校舎の方から勉強中の先生の声も、風に乗って聞こえてきます。
我が家が見え、市内を一望する山の中腹。
ダイスケの眠る石室を、ふんわり包み込むように秋桜が咲いています。

ダイスケの秋桜の種を蒔いて頂いた皆さんのお庭では、
どのような花の表情を見せてくれているのでしょう。

もしも、種が出来たら
どうか、どなたかに差し上げてください。

ダイスケくんの墓碑銘は、『風の旅人』——という。

ランドセルの中のカード

『子どもの命を守る分離信号』という本がある。一人でも多くの人に読んでいただきたい、大切なことが書かれた本だ。出版されたのは、トモキさん・カツエさん夫妻。とても仲のよい、そして常にお互いを思いやってお話をされる素敵なご夫婦だ。

お二人に出会ったあとはいつも、

『ああ、私たちも、ずっとこんな夫婦でいられたらいいなあ』

と、心穏やかになっている自分に気づかされる。

夫妻の住まいは、東京の西に位置する八王子市の郊外にある。ウッドデッキのある自宅の前には静かな森林が広がり、さながら森のペンションを訪れているような気分になる。近所の里山には、オオタカが生息していることで知られているこの自然豊かな地で、ゲンキくんとユウキちゃんという二人のかわいい子供に恵まれ、家族四人、幸せな日々を過ごしていた。

そんな幸せが、ある日突然、あのようなかたちで断ち切られてしまうなんて、いったい誰が想像できただろうか……。

その日の朝の光景は、『子どもの命を守る分離信号』の序章にこう綴られている。

『私たち家族が、最愛の息子ゲンキと二度と会うことのできない不幸に見舞われたのは、平成四年十一月十一日、水曜日、午前八時。秋晴れが本当に見事な朝だった。

紅葉の野や山は、朝日を浴びて黄金に輝いていた。

長男・ゲンキ十一歳、長女・ユウキ九歳、まるで野山は幸せの絶頂にある私たち四人家族を祝福しているかのようであった――。』


私がトモキさんとともに事故現場を訪れたのは、事故から五年目の秋のことだった。自宅からわずか八百メートルの通学路。歩行者用の信号機と横断歩道の設置された、ごく普通のT字交差点だった。

トモキさんは現場の歩道に立ち、静かな口調で事故の状況について語った。

「子供たちはいつものようにランドセルを背負い、小学校に向かって歩いていました。そして、この場所で止まり、歩行者用の信号が青になったのを確認して、先に妹のユウキが、そしてその後ろを、兄のゲンキが横断しようとしたのです。でも、ゲンキは、横断歩道の向こう側に渡ることができませんでした。背後から左折してきた大型ダンプの大きなタイヤに轢かれて、一瞬にして命を絶たれたのです……」

その朝、知らせを受けて現場に駆けつけたトモキさんとカツエさんは、この横断歩道の真ん中にかけられている毛布を見たとき、すべてを悟った。

「目の前で行われている事故処理を呆然と見つめながら、強い憤りが湧き上がってくるのを抑えられませんでした。なんなんだ、これは！　ルールを守って青信号を渡ったゲンキが、なぜ、青信号でひかれたんだ。こんなのは事故死じゃない……と」

トモキさんは、現場を行き交う車の流れを見ながら、悔しそうにこう続けた。

「そう、歩行者がどんなに青信号を守って横断歩道を渡っていても、同じく青信号で右左折する車が歩行者を見落としたら、それでおしまいなんです。人と車を青信号で一緒に交差させる現在の信号システムでは、必ず同様の事故が起こり、ゲンキと同じような犠牲者が生まれてしまう。不注意で歩行者を見落とす運転者が悪いのはもちろんですが、それ以前にこの種の事故は、歩行者と車を完全に分離するかたちの信号サイクル、つまり、歩行者が青信号のとき、車はすべて赤信号で止めてしまうことで防げるのではないかと思ったのです」

そのシステムこそ、まさに「分離信号」であることに気づいた夫妻は、深い悲しみの中、「歩行者事故防止研究会」を立ち上げた。そして、大型車による右左折蹂躙《じゅうりん》事故の実態を徹底的に調査し、さらに諸外国の分離信号システムも分析。分離信号の安全性を、長年にわたって行政やメディアに訴え続けてきたのだ。

実は、夫妻をここまで突き動かしたのは、一枚の小さなカードだった。

あれは、葬儀が終わって数日後のこと。はじめてゲンキくんのランドセルを手に取った夫妻は、丈夫に作られているはずの肩バンドが、無惨に引きちぎられているのを見て愕然とした。それに触れるだけで、心に稲妻のような痛みが走った。

ランドセルのふたをそっと開けると、中には、教科書やノート、筆箱がきちんと入れられていた。そして、それらと一緒に小さなポリ袋が出てきたのだ。

「なんだろう?」

そう思いながらポリ袋から取り出したそれは、画用紙を切って作られたトランプく

らいの大きさの数枚のカードだった。そこには見慣れたゲンキくんの文字で、何かが書いてある。トモキさんとカツエさんは、そのカードを順々にめくっていった。

〈学校のカーテンはなにいろ?〉

〈ことしはなにどし?〉

〈どらえもんは何世紀からきたのか?〉

どうやら、ゲンキくんが考えた、自作のなぞなぞカードのようだった。

そして、最後のカードをめくったとき、ふたりは思わず言葉を失った。

そこには、こう書かれていたのだ。

〈信号はなぜあるの?〉　A（答え）　信号がないと交通事こにあうから

「そのカードを見たとたん、私たちの目から、とめどなく涙があふれました。ゲンキが作ったこのなぞなぞの答えは、まさに、子どもの安全を願う親や学校、国民を指導する行政が繰り返し啓発してきた、交通安全のための〝教え〟だったのですから。でも、こんな教えはウソでした。ゲンキは、白昼堂々、青信号の横断歩道のど真ん中で、頭を割られ、死亡させられたのです……」

あの日から間もなく二十年——。歩車分離信号の数は、二〇一〇年三月時点で、五千百九十八基、交差点全体の二・六%となった。

ゲンキくんの命は十一年で止まってしまった。けれど、カードに込められた無言のメッセージは、やさしい両親の強い信念によって、確実に世の中を動かしてきたのだ。

先日、久しぶりにトモキさんに電話を入れた。

「ゲンキくんの、あのなぞなぞカード、今も額に入れておられるのですか?」

「いやあ、ずっと額の中に入れて、部屋に飾っていたんですが、二十年も経つとだんだん色があせてくるもんですね。最近、ゲンキの書いた文字が少しずつ薄れてきたので、今は陽に当たらないように箱に入れて、大切に、大切に、しまってあるんですよ」

トモキさんは朗らかに笑いながら、そう答えた。

封筒

その日私は、テレビの取材で、ある交通事故遺族のお宅を訪れていた。

インタビューは、この事故の被害者が祀られている仏壇の前で行わせていただくことになった。

位牌の前で辛いお話をうかがうときは、いつもこちらの都合を押しつけているようで、なんだかとても申し訳ない気がするのだけれど、奥さまとご長女は快く応じてくださり、カメラマンは早速、撮影のセッティングの準備に取りかかっていた。

六十九歳で突然この世を去った被害者の男性は、遺影の中で穏やかな笑みを浮かべていた。その写真の前に、ハーレーダヴィッドソンのプラモデルが飾られているのが私の目に入った。

「主人はね、いつか、こんなバイクでのんびりツーリングするのが夢だと言っていたんです。それで、こうして飾っているんですよ」

妻のシゲミさんは、写真の中のご主人にやさしく語りかけるようにそう言った。

そんなシゲミさんのまなざしに、私はじんわりと心が温かくなるのを感じた。

仏壇には、下町のナポレオン「いいちこ」が供えられている。生前は、きっと焼酎で晩酌をするのがお好きだったのだろう。

カメラのセッティングが完了し、インタビューが始まった。

私は、事故当日からこれまでの経緯について、ひとつずつ質問をしていった。


事故が起こったのは、その取材のちょうど一年前、秋の夕暮れ時のことだった。

シゲミさんとご主人が、いつものように堤防沿いの道を散歩しているとき、後ろから迫ってきた軽自動車が、突然二人をはねたのだ。

その衝撃で土手下の用水溝に転落していた二人が警察によって発見されたのは、それから約二時間後のこと。すっかり日も暮れ、冷え込みも真冬並みに厳しくなっていた頃だった。

シゲミさんは事故の衝撃で気を失っていたため、事故前後の記憶はほとんどなかったが、唯一、現場にレスキュー隊が到着して救急車に乗せられるとき、足がとても冷たかったことだけはうっすらと覚えているという。もう少し発見が遅ければ、シゲミさんの命も危険にさらされていたかもしれない。

それなのに、シゲミさんは、

「悔しいですね。一緒に歩いていて、主人のすぐ傍にいたのに、助けてあげることもできなかったんですから……」

そう言って涙をこぼすのだ。


救助された二人は、すぐさま救命救急センターの処置室に運ばれた。

ストレッチャーは二台寄り添うように並べられ、ご主人はシゲミさんのすぐ隣で蘇生術を受けていた。しかし、心臓が再び動き出すことはなかった。

「主人のストレッチャーが私の横から離れていくとき、私は手を伸ばしながら大声で『お父さん!』と叫びました。でも、返事は返ってきませんでした……」

重傷を負っていたシゲミさんは、ベッドから起き上がれる状態ではなく、結局、ご主人の通夜に出ることはできなかった。

「どうしても、主人と最後のお別れだけはしたいという願いを病院が聞き入れてくださって、私は、ベッドに横たわったまま、告別式にだけは出ることができました。でも、それもほんの束の間……、火葬場に行くことも叶わず、一人病院に戻るしかなかったんです」

シゲミさんは固く握りしめていたハンカチで、頬につたう大粒の涙を何度も何度もぬぐった。

二人をはねたドライバーは、自車のフロントガラスをクモの巣状に大きく破損させていたにもかかわらず、そのまま現場から走り去っていた。

ところが、後の取り調べで「人とは気づかなかった」と供述したため、当初はひき逃げ、つまり、救護義務違反では起訴されなかった。

仮に、何にぶつかったのかがわからなかったとしても、とりあえず車を止めて確認するのが、ドライバーの義務ではないのか。

その話をシゲミさんら遺族から聞いた私は、あまりに理不尽な司法の判断に憤りを感じ、以来、ずっとやり取りを続けていたのだった。

幸せだった日常を、大切な人の命を、一瞬で奪われることの重さ。

新聞やテレビは、事故の第一報を短く伝えたものの、夫の通夜に出ることもできず、病院のベッドでただひとり泣いていたもう一人の被害者がこの事故に存在することを、どれだけの人が知っていただろうか。


インタビューも終盤に差しかかったときだった。隣にいた娘さんが、仏壇に置いてあった一通の封筒を取り出して、私に見せてくれた。

「これは、父が亡くなったあと、私が両親の家を整理していたときに見つけたものなんです」

差し出されたごく普通の白い封筒の表には、ボールペンで、

『二十九回　結婚記念日　シゲミへ』

と書かれている。

「これは……、お父さんが？」

「はい。実は事故の三日後、つまり父の葬儀の日が、ちょうど両親の二十九回目の結婚記念日だったんです。父は結婚記念日に母とどこかに行こうと思って、こっそり用

壱万円
10000

意していたんでしょうね。封筒の中には……、一万円札が三枚入っていました」

そう話しながら、娘さんの瞳からも、大粒の涙が次々とあふれ出す。

シゲミさんは、その封筒を大切そうに手の中に包み込むと、

「毎日、ちょこちょこっとおこずかいを貯めて、結婚記念日のために封筒に三万円を入れて……。それなのに、その日に主人を見送ることになるなんて……」

嗚咽《おえつ》をこらえながら、ふりしぼるようにそう言った。

二十九回目の結婚記念日のためにこつこつと貯めた、この白い封筒の中の三万円を、ご主人はどのように使おうと計画していたのだろう。

その答えを聞くことは、永遠にできない。

でも、この封筒は、シゲミさんの心を温め続けてくれる、何よりの贈り物に違いない。

口紅

「これがね、ミサにとって、最初で最後の化粧品になってしまいました。あの子は引き出しの中に大切にしまっていたんですけれど、私たちは八年経った今もこうやって、ミサの部屋の一番よく見えるところに飾っているんですよ」

ユミコさんはそう言いながら、アクセサリーボックスの横に並べられたかわいい化粧品を手に取った。

「中学三年生にはまだ早いって私は止めたんですけれど、ミサにねだられたパパが、『お化粧に興味を持つ年頃だもんね、行くかい?』って、ミサと一緒に買いに行ったんです。ミサはとっても喜んで、パパと二人『この色は派手だよー』とか『こっちがいいいんじゃない?』って、楽しそうに口紅やアイシャドーを選んでました。あとで聞いたら、私が普段使っている化粧品よりずーっと高いのを買ってるんですよ。パパは『初めて使うものだから、肌のためにちゃんとしたものを買わなきゃ』って言って。

さすがにその日の夜は、夫婦でちょっとした小競り合いになりましたけど」

ユミコさんはそう言って懐かしそうに笑いながら、手に取った化粧品を元どおりに飾り直した。

「初めてミサがこの化粧品を使ったのは、中三のゴールデンウィークに家族で函館へ旅行に行ったときだったんです。一生懸命おしゃれして、パパに『かわいい？かわいい？』って何度も聞いて。パパも『かわいいよ、かわいいよ』って答えながら、カメラのシャッターをパチパチ押して……。でも、そのときに撮ったパパのお気に入りの写真が、四ヶ月後、ミサの遺影になってしまいました。そして私は、あの子がパパに買ってもらった口紅で、最後のお化粧をしてあげたんです……」

ユミコさんの話を聞きながら、私は以前、テレビの取材で夫のヒロユキさんにインタビューしたときのコメントを思い出していた。

あのとき、ヒロユキさんは、事故翌日の辛い出来事を振り返りながら、大粒の涙を流し、声を詰まらせてこう言ったのだ。

『歯がなかったら、ご飯も食べられないし。それに、ミサは……、年頃だし……』

二〇〇三年九月一日午前七時過ぎ、この日ミサさんは、四日後に控えた中学校祭の準備のため、いつもより少し早く、自転車に乗って家を出た。

事故を知らせる電話が鳴ったのは、それからわずか二十分後のことだった。

通い慣れたはずの通学路。トラックとの衝突事故だった。

「ミサが亡くなった直後、検視に来た警察官は、私たちに『お姉ちゃん、寝ぼけてた?』『自転車は壊れてなかったかい?』『何か悩みがあったとか、変わったことはなかったかい?』と立て続けに質問してきました。警察がなぜそんなことを聞くのか意味がわからず、ただ『そんなことは絶対ありません』と否定するだけで精一杯でした。今思えば、このときすでに、予断に満ちた捜査は始まっていたんですね。警察は当初、ミサが確認もせず道路を横切ろうとして起こった事故だと決めつけていたのです」

自宅に帰ってきたミサさんの顔には大きな傷もなく、表情は安らかだった。けれど、なぜか前歯だけが上下合わせて八本も抜けてなくなっていた。

『いったい何が、どのような衝撃を与えたのか……』

深い悲しみの中、ユミコさんとヒロユキさんの疑念は募った。

事故の翌日、お通夜の準備をしているときだった。献花のために現場へ行った祖父母が、『歩道に根のついた歯が落ちていた』と慌てて戻ってきたのだ。

それを聞いた二人は、何かに突き動かされるように現場へ向かい、道路に這いつくばるようにして、懸命にミサさんの歯を探し始めた。

しかし、道路で小さな歯を探すことは、容易ではない。

『ひょっとすると路上の血を洗い流したとき、排水口に流れ込んだのか……』

そう思った二人は、今度は道路脇の排水口に頭を突っ込み、必死で水を掻き出した。そして下にたまった泥をすくい出し、その中からミサさんのものと見られる歯を四本探し出したのだ。

『出棺する前に、なんとか間に合わせてやりたい……』

ただ、その一心だつた。

ユミコさんにはずいぶんあとになって知ったことがあった。

パパがミサさんにねだられて、あのあと、もう一本口紅を買ってあげていたこと。

そしてパパは葬儀の日、初めて買った口紅を、棺の中に入れていたことを……。

「主人は、今も私がお化粧をしているところを見ると、あのときのことを思い出して辛いみたいですね。だから、なるべく主人には見えないところでお化粧をするようにしているんです」

今、ミサさんの仏壇の前には、振り袖を着た美しい女性の肖像画が飾られている。

それは、すっかりお年頃になった、二十歳のミサさんを描いたものだ。

「事故のあと、十四歳で止まったままのミサの成長を、ずっと想像し続けてきた五年六ヶ月……。民事裁判の判決とあの子の二十歳の誕生日という大きな節目を迎えたとき、私たちは『二十歳のミサに会いたい』と考えました。そして、肖像画制作のアトリエに、十四歳のミサの写真と着せたい着物や髪型などを送って、いろいろとわがままを聞いてもらいながら仕上げていただいたんです」

左手を少し上の方に掲げ、穏やかに微笑む振り袖姿のミサさんには、彼女が憧れていたきれいなメイクが施されている。

ユミコさんは、肖像画の中のミサさんに、語りかけるようにこう言った。

「二十歳のお誕生日に、新しい口紅をプレゼントしてあげようかとも考えたんです。でも、それはやめることにしました。パパに買ってもらったこの口紅は、楽しい思い出がたくさん詰まったあの子の宝物です。この先、もう使うことはないけれど、ずっとこうして、大切に飾っておこうと思っています」

最後の写真

二〇〇九年三月二十六日、午後一時十五分。東京高裁五一一号法廷。

この日、この場所で目にした光景を、私は一生忘れることができないだろう。

「主文。本件控訴を棄却する。控訴費用は原告の負担とする」

裁判長による判決文の読み上げは、傍聴人も唖然とするほど、まさに一瞬のうちに終わっていた。

静まり返った法廷に、重い緊張感がよどんでいる。

そのとき、原告席に座っていたマサカズさんが突然立ち上がり、

「あなた方はどういう判断をしたんですか、恥を知りなさい。罪を犯した警察官をかばって、司法を市民から遠ざけている。あなたたちは犯罪者だ！」

大声でそう叫んだかと思うと、裁判官をにらみつけながら、胸ポケットから取り出した数珠を、裁判官に向かって思い切り投げつけたのだ。

真ん中に座っていた裁判長は慌てて後ろにのけぞったが、数珠は、裁判長の左の眉のあたりをかすめ、さらに後方へ落下した。が、それだけではおさまらなかった。マサカズさんは、今度は自分の革靴を脱ぎ、再び裁判官に向かって投げつけたのだ。それは、不規則に回転しながら書記官の頭上を越え、裁判長の左横を飛んで行った。

その瞬間、法廷に凍りついたような空気が流れた。数珠に続いて靴まで投げつけられた裁判長の髪は乱れ、顔はひきつっている。

書記官が電話に手をかけ、「呼びましょうか」と裁判長にたずねているのが見えた。おそらく、裁判所の警護担当者のことだろう。しかし、裁判長はそれに応えず、聞こえるか聞こえないかの小さな声で「退廷を命じます」と言うだけで悄然としたまま。左隣の裁判官は、まるで喜劇でも見ているかのように、一瞬、苦笑いを浮かべた。

長男・ヒロナカさんの死亡事故から十一年……。相手の一方的な供述のみで、亡くなった息子に全面的な過失が押しつけられたことにどうしても納得できなかったマサカズさんは、『警察は恣意《しい》的な捜査を行った』として、熊本県警を相手にこの裁判を闘い続けていた。一審では、マサカズさんが偽証だと指摘してきた目撃者の証言を「信用できない」と認定しながらも、敗訴という矛盾した判断が下されたため、さらに衝突の再現実験などをおこない、矛盾点も整理した上で東京高裁に控訴していたのだ。

まさに、血のにじむような努力と、膨大な証拠をことごとく無視された理不尽な経緯を知っている傍聴人の中に、その行為を咎める人は誰もいない。

マサカズさんは、自分が投げた数珠と靴を弁護士から受け取ると、

「逮捕覚悟でやったんですけれどね。でも、それさえ無視されてしまいました……」

堂々と、落ち着いた口調でそう言った。

傍聴席からその一部始終を見ていた私は、そのとき、なぜかふと、ヒロナカさんが二十六歳の誕生日に亡くなる直前、日本一周ツーリングの最後に走った晩秋の雄大な阿蘇山の風景を思い出していた。

あれはテレビの取材で熊本の事故現場を訪れたときのことだった。

現地での取材と撮影が終了し、空港へ向かうためにそろそろ阿蘇山を降りようとしたそのとき、取材に同行していただいていたマサカズさんが突然こう言ったのだ。

「すみませんが、もし時間が許せば、この場所を探してみたいんですが……」

胸のポケットから取り出されたそれは、オートバイが写った一枚の写真だった。

逆光のせいだろうか、車体が黒い影になり、リヤシートに満載された荷物のシルエットとともにくっきりと浮かび上がっている。両脇には金色のススキの穂が風に揺れ、その後ろには、稲が刈り取られたあとの、のどかな田園風景が広がっていた。

少し朝靄《あさもや》がかかっていたのだろうか、写真はどことなく寂しげにかすんで見える。

「実はこれ、息子のカメラの中に残っていた最後のワンカットなんです。この一枚が、いったいどこで撮られたのか、この場所をなんとか探せないかと思いましてね……」

マサカズさんは写真を見つめながら、ふと、遠い目をした。

熊本空港から羽田に向かう帰りのフライトはすでに予約済みだったが、私たちは早速、ロケ用のワンボックスカーに乗り込み、手掛かりを求めて走り始めた。

とはいえ、その写真にはこれといった決め手はない。目印と言えば、写真の右側に写り込んだガードレールの一番端のポールの支えが、三角形に見えることくらいだろうか。あとは、背景の山並みを手掛かりに探すしかないのだが、限られた時間の中でその一点を探し当てるのは、正直言って奇跡に近いと私は思った。

「それにしても、秋のやまなみハイウェイは本当にきれいですね。きっと息子は、この景色を見ながら、最高の気分で走っていたんでしょうね」

マサカズさんは車の外を眺めながら、目を細めた。

一面に広がったススキの穂が、広大な山肌を金色に染めながら風にそよいでいる。

十一月の阿蘇は、バイク乗りなら誰でも走ってみたいと思う、絶好のツーリングコースだ。ヒロナカさんが旅の最後に、こんな素晴らしいワインディングロードを走っていたのだと思うだけで、シモカワさんは心が安らいだのかもしれない。

私たちは、その写真に何度も目をやり、遠くの山のなだらかな稜線とガードレールのかたちに注意を払いながら、ヘアピンカーブをひとつひとつ回っていった。

いよいよ時間切れか……、そう思ったとき、私は思わず声を上げた。

「あ、あそこじゃないですか」

「ああ、本当だ」

マサカズさんはそう言いながら、その写真を遠い山並みに向かってかざした。

「あの山のかたち、このガードレールの三角のポール、間違いない、ここです」

幾重にも連なる急なカーブ、そのたったひとつのコーナーの脇にその場所はあった。

私たちは急いで車を降り、バイクが止まっていた場所まで移動した。背景には、ヒロナカさんが大好きだったという、のどかな田園風景が広がっている。

「そうか、ここだったんですね。ここでひと休みしたあと、わずか数十分後に旅が終わってしまうことなど、本人は想像すらしていなかったでしょうね……」

マサカズさんはその写真を手に、少しの間、何も言わずに阿蘇の雄大な風景を見つめていた。

ヒロナカさんはあの日、この場所に、旅の相棒である愛車を止めて何を感じていたのだろう。旅は途中で止まってしまい、時は流れたけれど、彼は間違いなくあの場所に、そして彼のバイクはあの風景の中にあったのだ。


はっと我に返ると、東京高裁の廊下には、法廷のドアから出てきた傍聴者たちが、一様にこわばった表情をして立ち尽くしていた。

「どうもお騒がせしました。ごめんなさい。さあ、そろそろ参りましょうか」

マサカズさんは、いつもの穏やかな声でそう言うと、彼らを促し、エレベーターの方へと歩みを進めた。

冬

エンゲージリング

人混みの改札口を抜けながら手を振る彼女は、首元に鮮やかなコバルトブルーのスカーフを巻いていた。少し痩せたかな、とは思ったけれど、はにかむような表情はあの頃とほとんど変わらない。

「お久しぶりです。お元気でしたか？」

「おかげさまで元気です。いろいろありましたけど、まあ、なんとか生きてます」

マミさんと会うのは、八年ぶりだった。そういえば、以前彼女と会ったのも、東京駅のこの改札口だった。

でも、あのときの彼女は黒い服に身を包んでいた。婚約者の四十九日法要に出席した帰りだったのだ。

駅前のビルの中にある喫茶店に入ると、まもなく注文したホットココアが運ばれて

きた。大きなカップにたっぷりの生クリームが浮かんでいる。マミさんはそのカップを手のひらで包み込みながら、

「あの頃は、毎晩のように電話しちゃって、本当にご心配をおかけしました」

そう言って頭をぺこりと下げた。

「そんなことないですよ。私はお話を聞くことしかできなかったけれど。でも、辛かったですよね……」

「よく、絶望の闇、とか、そういう言葉を使いますけど、まさにそんな感じでしたね。あの頃のことを思い出すと、記憶の中にまったく色がないんです。水の中に墨を流し込んだような、そんなイメージかしら」

「あの頃のマミさん、電話口の向こうでいつも泣いていたものね」

「そうでしたよね。悲しくて、寂しくて、会いたくて、この先どうしていけばいいのかわからなくって……。家族もすごく心配していたんでしょうね。とりあえず実家に戻って、それで、おととし地元でお見合い結婚したんです」

「そうだったんですか」

私はそう応えながら、なんとなく「おめでとう……」という次の言葉を言い出せずにいた。マミさんの左手に目をやったものの、薬指にはそれらしき指輪がなかったからだ。

「実は、半年前に離婚したんです。相手の方には本当に申し訳なかったけれど」

それまで笑顔で話していたマミさんが、ふと寂しげにうつむいた。

「だめですね、最後に会った彼の笑顔が、どうしても忘れられなくて……。あの日は、私の誕生日で、彼は百キロほど離れた会社の寮から私のアパートまで会いに来てくれました。プレゼントなんて何もないんですよ、ただ会いに来てくれただけ。で、翌日も仕事が早いからって、とんぼ返りで帰っていきました。真冬の夜の高速道路を走ると、気分がすっきりするんだって言いながらね」

マミさんの婚約者だった彼は、その帰り道、後ろから猛スピードで走ってきた車に衝突され、二十九歳という若さで亡くなったのだ。

「新聞やテレビのニュースでは、一年間の交通事故死者が何千人だったとか、そういう報道をするでしょう。でも、私はあれを聞くとなんだかむなしくなるんです。それぞれの事故で亡くなった人の数を数えれば、たしかにそうなのかもしれないけれど、

実際にはその人のすぐそばにいる人たちも、その後の人生を失っているんですよね。私だってそう。彼が亡くなってしまったことで、彼と一緒に歩むはずだった私の人生が、死んでしまったんですから」

私はどんな言葉も返すことができなかった。

そんなおしゃべりを一時間ほど続けただろうか、彼女の胸元で丸い大小のシルバーの輪が重なったペンダントヘッドが揺れているのに気がついた。

「ひょっとして、それは……」

「あ、これですか。そうなんです、これは彼から贈られたおそろいのエンゲージリングです。彼が亡くなったとき、この指輪はちゃんと彼の左手の薬指にはめられていたんですって。でもね、せっかく指輪のかたちをしているのに、今はもうはめる指がないでしょう。だからこうして、二本一緒にペンダントにして、私が首からぶら下げているの。あ、もちろん、これを作ったのは、離婚したあとですけれどね」

マミさんは少し照れくさそうにそれを胸に当てると、ぽろりと大粒の粒をこぼして、微笑んだ。

ベニヤ板の落書き

「私ね、ふとした時、いつも無意識のうちに『帰りたい、帰りたい……』っていう言葉が心の中に聞こえるんです。いったい、これはどういう意味なんだろう。帰りたいって？　私はどこに帰りたいんだろうって、ずっと考えていたんだけれど、最近、その意味がようやくわかった気がするんです」

ルミさんはそう言いかけると、急須のふたをそっと左手で抑えながら、ゆっくりと日本茶を注ぎはじめた。

ルミさん夫妻が営む店の、奥にあるこの居間に通されたとき、私は驚いた。こたつのすぐ横に、ガラスの大きなショーケースがある。中には、商品が並んでいるのではない。詰襟の学生服で爽やかな笑みを浮かべる少年の写真と、ハンガーにつるされたグレーのカーディガン、切り裂かれたスウェットなどが〝展示〟されているのだ。私がそのショーケースを凝視していたのがわかったのか、

「ああ、これは、亡くなった息子に関する資料です。この子はもう、自分の言葉で話すことができないでしょう。だから私たちがこうしてまとめて展示して、『真実をごまかさないで』という、息子の、言いたくても言えないメッセージを、いろんな人に目で見てわかってもらいたいと思って……」

ルミさんはそう言いながらショーケースのガラス扉をスライドさせると、中から画用紙サイズの手作りの冊子を取り出して、私に手渡した。

厚紙でできた表紙をめくると、そこには亡くなったヤスマサくんが布団に寝かされている写真が何枚も綴られていた。葬祭場に行く直前に自宅で撮影したという、顔のアップの写真もあった。左目の周囲は青く腫れ、鼻の下と唇のあたりから少し出血している。直視するのも痛々しいその写真を、ルミさんは表情を変えることもなく、むしろいとおしそうに見つめているのだ。

「辛くは、ないですか」

「もちろん辛いです、逃げたいと思ったこともありました。でも、それよりも、時間が経って、息子の最後の恐怖や痛みや悔しさが、自分の中で薄れてしまうことの方が嫌なんです。息子の身体はなくなって、息子の人生はあの日から止まっているけれど、私の心の中ではむしろ愛情がどんどん成長しているんです。あの子が生きていたとき以上に、身近に……」

ヤスマサくんに突然の不幸が襲いかかったのは一九九九年。年の瀬も押し迫った十二月二十八日未明のことだった。警察によると、自宅からほど近い、ビルの脇の駐車場で倒れているところを発見されたという。

すぐに救急病院に運ばれたが、警察は即座に「ビル三階からの飛び降り自殺」と判断。二十六時間後に亡くなったあとも遺体を検視すらせず、事件か、事故か、死に至った経緯や理由は何だったのかをまったく調べなかったというのだ。私が取材をしていてもっとも許せなかったのは、警察官がICUの廊下で、「そしたら、自殺ってことで……」という一言を発したという話だった。そのとき、ヤスマサくんは消えてしまいそうな命の淵で、懸命に闘っていたというのに……。

ヤスマサくんの身体の傷を見て、自殺という判断にどうしても納得できなかったルミさん夫妻は、その後もずっと調査を続け、機会あるごとに行政やメディアに訴え続けてきたのだ。

「いつかミカさんが、『息子さんの残したメッセージを読み取りましょう、彼が何を伝えたかったのか……』そう言ってくださったでしょう。あのとき、私、本当に嬉しかったの。いったいどんな思いを残してこの子が亡くなったのか、きっと何かを通してメッセージを送ってくれているはずだと思うから、常にあの子と一緒にいて、いろんなアンテナを張り巡らせて、残された私たちがその思いをつかんで読み取ってやろう、そう思っているんです。それが親子の、家族の絆だと思うから」

ルミさんは、うっすらと涙を浮かべてそう言った。

「ところで、ルミさんが帰りたい場所って、どこだったんですか?」

「ああ、ごめんなさい、そうそう、その話の途中でしたよね」

ルミさんは、すっかり元の明るい声に戻ったかと思うと、ボロボロに朽ちた一枚のベニヤ板に書かれたかわいい落書きを私に見せた。

「実はね、私、この絵で息子と交信しているの」

ヤスマサくんが小学生の頃に書いたというそれは、仮面ライダーのような格好をしたライダーが、バイクで曲がりくねった坂道を登っている夢のある絵だった。

「ある日、この絵を見ていたとき、私の中に懐かしい光景がすーっと蘇ってきました。決して裕福ではなかったけれど、幼い子供たちを一生懸命育てながら、希望に燃えていたあの頃が……。そのとき、『ああ、私が帰りたかったのは、この子が落書きをしていたときの、あの幸せな時間なんだ。心の中に聞こえたその声は、帰りたいのに帰れない、慣れない〝死〟という世界で苦しんでいる息子の声だったんだ』って気がついたんです」

そしてルミさんは、その落書きをやさしくなでながら、こう続けた。

「不思議ですね、他人から見ればただの落書きでも、この絵の中からは『お父さん、お母さん、頑張れよ〜、僕も頑張るぞ〜』っていう声が聞こえるんです。ヤスマサはこの十二年間、人の心やさしい支えという、目に見えないつながりをたくさん見せてくれました。だから私は、いろいろな事を教えてくれた息子に、『ヤスマサ、立派になったなあ、大人になったんだなあ』って語りかけることができるんです」

ショーケースの中のヤスマサくんは、今もあのときのまま詰襟の学生服を着て、お母さんをやさしく包み込むかのように、にこやかに笑っていた。

ブーンブー
つよくなったなー

アラーム

「加害者は九年の懲役を終えて、この間出所したそうです。でも、いまだに手紙ひとつないんですけれどね……」

エッコさんは、電話口の向こうで重いため息をついた。

私は久しぶりにエッコさんと話をしながら、彼女の三男・ゲンキさんが犠牲になったひき逃げ事件を思い返していた。それは、私がこれまでに取材した数多くのケースの中でも、特に悪質な事件だった。

二〇〇二年一月二十三日、その夜、泥酔状態だった三十六歳の加害者は、車を運転中バイクに追突する事故を起こした。飲酒運転が発覚するのを恐れた加害者はそのまま逃走。その途中で、今度は原付バイクに乗っていたゲンキさんに衝突し、ゲンキさんの身体をひきずったまま、さらに約百メートル走り続けた。その後、コンビニエンストアに入って酒を買い、「事故の後に飲んだ」と言い訳をし、飲酒運転を隠すために重ね飲みまでしていたのだ。

『なぜ加害者は止まってくれなかったの。すぐに止まっていたら、命は助かったかもしれないのに……』

あまりに理不尽で過酷な死。それは、遺された家族にとって、長い苦しみと闘いの始まりでもあった。


「そういえば、ゲンキさんの携帯アラームは、今も鳴り続けているのですか?」

私は、悲しみの中にあったエツコさんが、バラード調のあのやさしい音色を、宝物のようにいとおしんでいたことをふと思い出し、たずねてみた。

すると、エツコさんはいつもの明るい声に戻って、こう答えてくれた。

「ええ、十年目に入った今も、毎朝ゲンキが設定した六時五十五分に、ちゃんと鳴ってくれるんですよ。最近は二分ほど遅れが出ているみたいですけどね。ゲンキがいる頃は、アラームが鳴って、それでも起きてこないことがときどきあったんですが、そんなときは『ゲンキー、時間だよー』って、よく起こしにいったものです」

ゲンキさんの携帯からアラームが聞こえるということ……、それは、まさに奇跡としか言いようのない出来事だった。あれほど酷い衝撃を受けていたにもかかわらず、携帯電話だけは、アンテナが少し曲がっていた程度で、ほとんど無傷だったのだ。

「メールや電話の履歴も設定も、なにひとつ壊れることなく、すべてそのままの状態でした。不思議ですよね、ゲンキは亡くなってしまったけれど、同じ事故に遭った携帯電話は、生きていたんですから……」

エツコさんはその後も、ゲンキさんの携帯電話を解約することなく、何年間も基本料金を払い続けてきた。

「お友達は、ゲンキが亡くなったことをもちろん知っています。でも『誕生日おめでとう！』とか『誰だかわかるかー？』なんて、いろいろなメールや留守番電話を頻繁に入れてくれるんです。最後の初詣のとき、神社でゲンキに会った地元の友達からは、『また、初詣で会おうな！』というメールも届きました。ゲンキは友達が多くって、みんなに好かれている子でした。だから友達もみんなやさしいんですね……。さすがに機種も古くなって更新できなくなってしまったので、先日、解約したんですが、今でも電源はつないでいるので、アラームはちゃんと鳴ってくれるんですよ」

ゲンキさんの携帯のアラームに設定されていた、そのバラード調の曲が、エリック・クラプトンの『ティアーズ・イン・ヘヴン（天国の涙）』だということをエツコさんが知ったのは、ずいぶんあとになってからのことだった。

「この曲が生まれたきっかけを聞いたときには、思わず言葉を失いました。エリック・クラプトンは一九九一年に、溺愛していた四歳の息子さんを亡くしていたんですね。高層アパートの五十三階からの転落事故だったそうです。突然の事故で息子を失った彼は、嘆き悲しみ、ひきこもる生活が続いていたそうですが、そんなとき、亡き息子を思いながら書いたのが、このバラードだったというのです」

ゲンキさんがなぜ、たくさんの曲の中から『ティアーズ・イン・ヘヴン』を選んでアラームにセットしたのか、今となっては、その答えを聞く術もない。けれど、エツコさんにとっては、毎朝六時五十五分に流れるこの音色が、ずっと心の支えだった。

「私ね、あのアラームを聞くと、今日も頑張ろうって思えるんです。いろんなことがあったけれど、そのときどきで、ゲンキが背中を押してくれているような、そんな気がするんです……」

eric clapton
plugged

観音像

島根県斐川町に、仁照寺《じんしょうじ》というお寺がある。

静かな境内に入ると、大人の身長の二倍ほどはあろうかという、凛《りん》とした美しい立ち姿の観音像が、参拝者を温かく迎え入れてくれる。

ふっくらとした頰、なんともいえぬやさしい笑みをたたえている上品な口もと……。

「まあ、なんてきれいな観音様」

ここを訪れる人の多くはそう言いながら、その慈悲深いお顔を見上げて拝んでいく。

『交通安全観音』と命名された観音像は、二十歳という若さでこの世を去ったこのお寺の次女・マリコさんの七回忌に建立された。

痛ましい事件が起こったのは、平成十一年十二月二十六日のこと。

飲酒運転の暴走車がセンターラインをオーバーして、対向車と正面衝突。その衝撃で車は大破し、何の落ち度もない三人の女子大生が即死したのだ。

そのひとりが、マリコさんだった。

資格試験の勉強や卒論準備の合間を縫って、ほんの束の間、親友たちとクリスマスのイルミネーションを楽しんだ帰り道の惨事だった。


「あと数日で、帰省する予定だったのに……」

母親のユリコさんは、無念そうに語る。

「亡くなる二週間前、私宛に届いた最後の手紙には、『今年もいろいろあったけど、もうすぐ終わるね。来年は就職活動もしないといけないし、大変な一年になりそう。でも、頑張るわ。では、年末、島根に帰るのを楽しみにしています。マリコより』と綴られていました。封筒の中には、旅行先のイタリアで買ったというお土産のネックレスも同封されていたんです。『たまにはおしゃれした時に、このネックレスをつけてくれると嬉しいな』というメッセージを添えて。今思えば、どうしてわざわざ送ってきたんでしょうね。あと少しで、お正月休みだったというのに……」

仁照寺の本堂には広間がいくつもあり、開け放たれた中庭からは、風が季節の花々の香りを届けてくれる。床の間には高徳な和尚様の風格ある書の数々が飾られ、その空間に身を置いているだけで、心が鎮められるような気がした。

マリコさんは中学時代から、この家で祖父母、両親、姉と弟に囲まれ、幸せな日々を送ってきたのだ。

「今日は雪ですね。ほら、乙女椿の薄いピンク色の花びらが、うっすらと雪を纏《まと》ってきれいでしょう。この花は、マリコを偲《しの》んで植えた、大切な花なんです。毎年、少ししか咲いてくれないんですけれど、本当になんてふくよかな花なんでしょう。私ね、十年経って、ようやく、少しだけ色がついた世界と、花の美しさに感動する自分を取り戻したような気がするんです。それまで、景色は灰色にしか見えなかったから……。でもこんな日はなんだか気持が落ち着くわ。境内のお掃除をしなくてよいからかしら」

ユリコさんはクスッと笑いながら、もう一度、庭の乙女椿に目をやった。

「帰る人のいなくなったあの子の部屋に初めて入ったとき、私は夢中になって写真を撮り続けました。玄関、ベッド、机の上、壁に貼られたポスター、冷蔵庫や冷凍庫の

中まで。とにかく、マリコの充実した学生生活をそのまま焼きつけておきたかったんです。その部屋は、年が明けても三月までそのまま借り続け、私は何度かあの子の部屋で泊まることもありました。『娘さんはもういないのに、そんなことがよくできるね』と驚く人もいたけれど、誰にも会いたくなかったあの時期、私にとってはあの部屋が一番心落ち着く場所だったのかもしれませんね」

そんなユリコさんにとって、なによりの支えとなったのは、マリコさんの愛用していた手帳だった。そこに挟まれていたボールペンは、衝突時に受けた大きな衝撃で先端が曲がっていたけれど、なぜか手帳だけは無傷だった。

「手帳の中には、亡くなる二日前までの記録が几帳面な小さな文字でぎっしりと書かれていました。あの子が食べた三食のメニュー、受講した授業、誰に電話をして、誰が遊びに来たか。また、どこの喫茶店で何を食べたか、どこの文房具屋さんに行って何を買ったか……。そこには、私たちが知らなかったマリコの大学生活が、ことこ細かに記されていたんです。私はその記録をもとに、お友達にも教えてもらいながら、マリコの足跡を辿っていきました。ああ、あの子はここでこれを食べていたんだなあ、ここでこんなことをしていたんだなあって。そうでもしていなければ、自分の心の置き場がなかったのかもしれません」

ユリコさんはそう言うと、今度は境内の方を振り返り、雪化粧をした観音像の後ろ姿に目をやった。

「私ね、前から見たお顔も好きだけれど、この後ろ姿も大好きなんです。衣のドレープが、まるでウェディングドレスみたいに綺麗でしょう……。実はね、この観音像はマリコが自分で建てたものなんですよ。あの子が遺した通帳には、海外へ語学の勉強に行くために、コツコツとアルバイトをして貯めたお金が百二十万円ほど貯まっていて、私たちにはそのお金をどうすればいいのかわからなくて。それで、いろいろ考えて、交通安全を願う観音像を作ろうということになったんです。どうか、この世の中でこんな想いをする人がいなくなりますように……、という願いを込めて」

二十歳という若さで、美しい観音様に姿を変えたマリコさん。

『交通安全観音』と刻まれた台座の中には、この寺の住職である父が認めた手記や写経とともに、彼女の遺骨が静かに納められているという。

あとがき

この本をまとめながら、たくさんの「宝物」に出会いました。

宝物、と言っても、それは高価な金品やきらびやかな装飾品ではありません。かけがえのない家族や恋人との、なにげない会話や、さりげない笑顔……。ともすれば、記憶の片隅にも残らない、ごくあたりまえの日常の、小さな心のふれあいです。

本当はそんな宝物が、ゆるやかなときの流れの中で、雫のように心を満たしていってくれるはずなのに、それが叶わなかった人たちが、いったいどれほどいらっしゃることでしょう。

フリーのジャーナリストとして執筆活動を始めてから二十年あまり、私は、全国各地で発生する事件や事故を取材し、ルポルタージュを書き続け、遺された人たちの筆舌に尽くしがたい悲しみや苦しみを目の当たりにしてきました。

理不尽な出来事によって、大切な人との日常生活を突然断ち切られるというあまりにも過酷な現実。それでも世の中の不条理に立ち向かい、懸命に闘っている人々の姿を追いながら、数えきれないくらいの涙を見てきました。

そして、その涙の向こう側に、どんな長編小説よりも奥深い、無数の物語があることを知ったのです。

本書の中で、婚約者を失った女性は、こう語っています。

『新聞やテレビのニュースでは、一年間の交通事故死者が何千人だったとか、そういう報道をするでしょう。でも、私はあれを聞くとなんだかむなしくなるんです。それぞれの事件や事故で亡くなった人の数を数えれば、たしかにそうなのかもしれないけれど、実際にはその人のすぐそばにいる人たちも、その後の人生を失っているんですよね——』

お別れの言葉を交わすこともできずに、遺されてしまった人たち。彼らは、崩れそうな心でその現実をどのように捉え、何をよりどころにしてその後の人生を生き抜いていくのか……。

私はいつか、ルポルタージュの中では書けなかった、たくさんの「心の中の宝物」の物語を書きとめておきたいと思うようになりました。

逝ってしまった人はもうこの世にはいないけれど、彼らはずっと愛する人の心の中で生き続け、いつもメッセージを発信しているのだということを、遺された人たちが大切にしている「遺品」を通して描きたいと考えたのです。

本書の冬の章に「観音像」という物語が収録されています。

島根県にある仁照寺というお寺の境内に佇むその美しい観音像は、二十歳という若さで亡くなった江角真理子さんを偲び、交通安全を祈って建立されました。

このお寺の住職を務める一方、物理学者として研究活動を続けてこられた真理子さんの父・江角弘道さんは、著書『いのちの発見 ～宗教と科学の間で〜』の中に、こう記しておられます。

『亡き娘のことを考えると、次のような事実に行き当たりました。

私が結婚する前には、娘はこの世の中のどこにもいなかった。そして、昭和五四年に生まれてきて、私たちと二十年間一緒に暮らし、そして死んでいきました。だから、今はこの世の中のどこにもいないということです。

これは、昼の星のように、最初に娘のいのちが見えなかった。そして、夜の星のように、生まれてきて見えるようになった。また昼が来て星が見えなくなった。つまり、いのちが無（仏教では空という）から出てきて、実在（仏教では色という）となり、実在（色）から無（空）へと帰っていったことにもなります。

般若心経には有名な語句「色即是空、空即是色」があります。並べ替えて「空即是色　色即是空」とすれば、空から色、色から空と展開しているように感じられます。本当はもっと深い意味があると思います。つまり、亡くなった娘は、空から来てまた空に帰っていったとなります。だから私たちは、空から来て色になり、そしてまた空に帰る存在ではないでしょうか。空に帰る、つまりその帰るところは生まれ故郷であるわけです。

だから、現在のわたしたちのいのちは、「見えるいのち」つまり「色」という状態から、やがて「空」に帰って「見えないいのち」となっていく、つまり、いのちには「見えるいのち」と「見えないいのち」があるのではないでしょうか。

このように思うようになりました。（中略）

「見えるいのち」というのは、私たちのこの肉眼で見るわけですね。ところが、「見えないいのち」は、心眼（こころの目）で観てゆく世界であるわけです。』

「見えるいのち」と「見えないいのち」――。

私はこの文章を拝読したとき、自分がこの本で伝えたかったことが、初めて具体的に見えてきたような気がしました。

奇しくも、この本をまとめているとき、東日本大震災が起こりました。

たくさんの方が、あの日を境に、かけがえのない大切な人を奪われました。

山のように積み上がった泥だらけの瓦礫の中から、小さな思い出の品を必死で探そうとする人たちの姿……。

『瓦礫は、瓦礫ではなく、思い出とも言う』

朝日新聞の「天声人語」欄には、そう記されていました。

一人でも多くの方が、どうか一日も早く、「見えないいのち」と心の眼で対話ができる日が来ることをお祈りするばかりです。

この本の製作に当たっては、フリー編集者の福島利行さんに多大なご協力をいただきました。福島さんにいくつかの原稿を初めて読んでいただいたのは、今から三年前の秋のことでした。そのとき「これは、ぜひ本にまとめましょう。遺されたものを通して、本当に大切なものは何かを問いかけてください」と言ってくださったのです。ずいぶん長い時間が経ちましたが、あのときの熱意をずっと持ち続け、こうして本当にかたちにしてくださいました。福島さんのお力がなければ、この本は完成することはなかったでしょう。

また、本書の出版を実現してくださった晶文社のみなさま、遺族の方々の思いをしっかりと汲み取ってやさしい挿絵を仕上げてくださったイラストレーターの塩井浩平さん、手にしたときにじんわりと温かい気持ちになれる素敵な装丁をしてくださったデザイナーの大村麻紀子さん、ありがとうございました。

悲惨な事件や事故、災害は、今日もどこかで起こり続けています。

しかし、命を奪われた一人ひとりに、大切な日常があり、絆があり、かけがえのない家族との思い出があることを、私たちは決して忘れてはならないと思います。

最後になりましたが、この本に登場し、そのメッセージを一緒に伝えてくださったご遺族のみなさまには、心よりお礼を申し上げます。

本当にありがとうございました。

二〇一一年六月

柳原三佳

柳原三佳（やなぎはら　みか）

交通事故、司法問題を中心に執筆するジャーナリスト。二〇〇四年からは死因究明問題の取材にも力を入れ、犯罪捜査の根幹に一石を投じた。また、実父を医療過誤で亡くし、自身も医療過誤被害を受けた稀有な経験から、医療問題の取材にも取り組んでいる。

主な著書に『死因究明～葬られた真実』『巻子の言霊～愛と命を紡いだある夫婦の物語』（ともに講談社）、『焼かれる前に語れ』（WAVE出版）、『交通事故被害者は二度泣かされる』（リベルタ出版）、『示談交渉人裏ファイル』（角川書店）、『交通事故の被害者になったら』（インシデンツ）など多数。

プライベートでは料理と書道と古道具をこよなく愛する主婦であり一女の母。一九六三年、京都市生まれ。

公式WEBサイト（http://www.mika-y.com）

遺品《いひん》　あなたを失った代わりに

二〇一一年八月一〇日 初版

著者名　柳原三佳
発行者　株式会社晶文社
東京都千代田区神田神保町一－一一
電話（〇三）三五一八－四九四〇（代表）・四九四二（編集）
URL http://www.shobunsha.co.jp
印刷・製本　東京印書館・ナショナル製本

ISBN978-4-7949-6768-8 Printed in Japan